LOVEと書かれたハートマークの扇子を
硝《しょう》子《こ》は見せてくれる。
LOVE
ディメンションウェーブ
5
Aneko Yusagi
アネコユサギ
illustration 植田 亮

絆《きずな》たちは島の海岸で二本の綱を呼吸を合わせて引いていた。
一本を絆と硝子、そしてペックル。
もう一本は闇《やみ》影《かげ》と紡《つむぎ》に、もちろんペックル。
「オーエス！　オーエス！」

「奏《かなで》ちゃん慣れてるわね」
姉さんの料理技能……
結構高めのようだ。

「技能上げ」
しぇりるはスパナを見せてきた。

「行きます
乱《らん》舞《ぶ》一《いち》ノ《の》型《かた》・連《れん》撃《げき》！」
硝子も
リザードマンダークロードに
近づき扇子を広げてスキルを放つ。

CHARACTERS
ディメンションウェーブ 5

絆《きずな》†エクシード
「ディメンションウェーブ」に
参加した少年。種族は魂人《スピリット》。
姉妹のイタズラで
美少女アバターになっている。

紡《つむぎ》†エクシード
絆の妹。種族は亜人。
鎌使いの前衛プレイヤー。
天真爛漫《てんしんらんまん》で
面白いことが好き。

奏《かなで》†エクシード
絆の姉。仕事はしっかりだ
けど私生活はだらしがない
OL。確実に、失敗しない
強さを獲得している。

函《はこ》庭《にわ》硝《しょう》子《こ》
扇子を武器に戦う。
種族は魂人《スピリット》。
やや浮世離れした
和風美少女。

闇《やみ》影《かげ》
忍者のロールプレイをしてい
る少女。種族は魂人《スピリット》。不幸
担当で所々で妙な事に巻き
込まれるかませ犬体質。

しぇりる
生産系のスキルを使う少女。
種族は晶人《ジュエル》。
口数が少なく、静か。

ディメンションウェーブ　5

アネコユサギ

ヒーロー文庫

デイメンションウェーブ 5

Illustration 植田 亮

CONTENTS

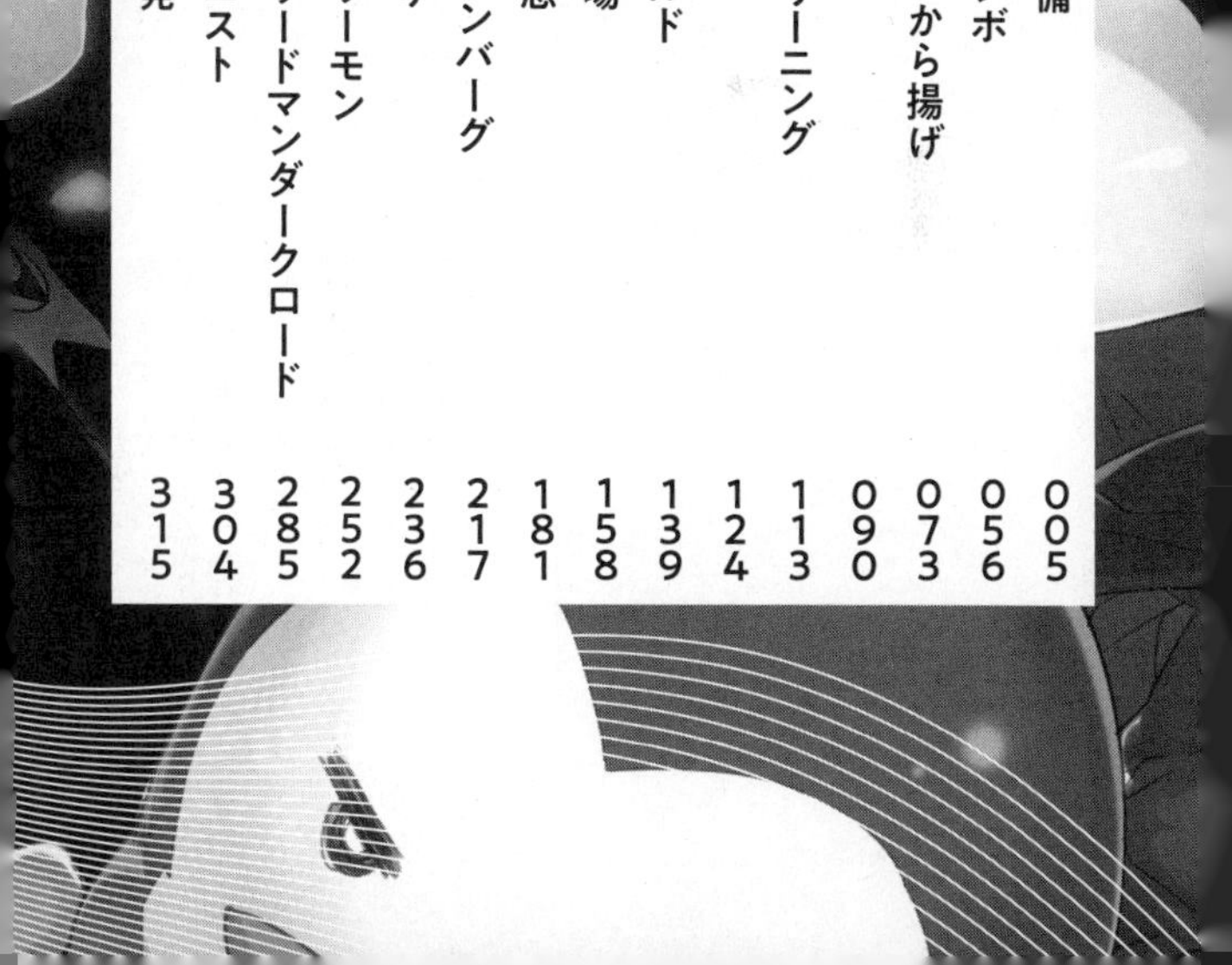

イラスト／植田亮
装丁・本文デザイン／5GAS DESIGN STUDIO
校正／佐久間恵（東京出版サービスセンター）
DTP／松田修尚（主婦の友社）

この物語は、小説投稿サイト「小説家になろう」で
発表された同名作品に、書籍化にあたって
大幅に加筆修正を加えたフィクションです。
実在の人物・団体等とは関係ありません。

プロローグ　小舟装備

魔王軍侵攻イベントの翌日。

日が昇り、朝靄《あさもや》が見える中で俺たちは湿原へと足を踏み入れた。

ちなみに湿原には足場とばかりに木の橋が各地に架けられている。

「夜の間に町で受けられるクエストを探しておきました。どうやらこの湿原に生息するジャイアントパープルトードとブラウンビッグスラッグをそれぞれ50匹討伐するクエストがありました。後は未確認という設定の湿原に住む大型の魔物を5匹です」

「ボス魔物でござるな」

「他に鉱山もあるみたいだよ」

「この前の所にも鉱山あったよな。採掘できるものが変わっているのか検証も必要か」

「クエストは好きだけど露骨にお使いクエストってのは嬉《うれ》しくねえなー」

「そうね。もっと面白いクエストがやりたいわねー」

クエストマニアのらるくとてりすからすると面白みは無いものばかりか。

だから俺に妙に関わってくるんだろうなとは思うけど。

「ついでに魔物も退治って感じね」

「絆《きずな》の嬢ちゃんにぴったりのクエストがあるからそこで楽しむか」

「何？　そんな面白いのあるの？」

「アメマスを10匹ほど釣ってこいってクエストがあるぜ」

「アメマス」

なんだっけ、アメマス？

別に俺は本業漁師って訳じゃないし、メジャーな魚ならパッと出てきたりするけど名前だけでどんな魚だったかはすぐに出てこない事もある。

「鮭が欲しかった絆殿に渡りに船でござる」

「なんでだ？」

「アメマスはサケ科のイワナ属でござるよ」

ああ、つまり最近、俺が目標にしている鮭の親戚の魚か！

「釣りだと引きが強い魚だと聞いた気がするでござる。スポーツ的な側面で好まれるらしいでござる」

闇影《やみかげ》って知識を意外と持っているよな。

俺もよくわからない魚の事を知っていやがる。

「拙者《せっしゃ》も食べた事があるでござるが鮭に比べると水っぽかったでござる」

ふむ……確かにそれは良い事を聞いた。

「早速見つかっちまったな。鮭探し」

「亜種みたいなもんだから継続して探す事になるけどな」

蛇足《だそく》だが鮭を刺身とかにする場合は寄生虫対策をしっかりすると良い。

幸いにしてディメンションウェーブでは寄生虫などはいないみたいだけど、そういった寄生虫がいる事を前提とする魚の調理で寄生虫対策の処理をすると料理の成功率が上がるという効果があるらしい。

なんでも刺身にすれば良いって訳じゃないって事だな。

「じゃあ俺はアメマスが釣れるように頑張ってみるとしよう。で、多めに釣ってアメマスのムニエルとか作る。それで良いな」

「美食の旅だぜ。てりす、任せたぞ」

「はいはい。お酒が無いのが惜しまれるわね」

「ＯＫ！　お兄ちゃんに釣りをしてもらう名目が立ったね！　やっていこう！」

って感じで早速俺たちは湿原の中にある木の橋を足場にして進む事にした。

「思ったよりも足場が悪そうですね」

「深い所は小舟で行くべきだな」

機動性から騎乗ペットに乗っての移動をしている。

ああ、やはりというか闇影の騎乗ペットは水陸両用な事が判明した。

羨《うらや》ましい限りだな。

ブレイブペックルの騎乗ペットも水陸両用で毛先がピンクの白いヒヨコが水面を優雅に進んでいる。

ぶっちゃけ……ペックルなんだから泳げるだろというのは無粋《ぶすい》な事なのか？

俺の騎乗ペットは……乗り換えをする意味で小舟を使うか？

なんて道具アイコンを確認すると……。

「あれ……俺の騎乗ペット、小舟が装備できる」

小舟を出そうと弄《いじ》ったところで騎乗ペットの盾《たて》のような丸いアイコンが明るくなった。

これはおそらく装備できるって事で間違いない。

「騎乗ペットなのに小舟が装備できるんだ？」

試しに装備させてみようと設定する。

すると俺の騎乗ペットであるライブラリ・ラビットの目の前に小舟が出て飛び乗った。

で……錫杖《しゃくじょう》を櫂《かい》に変える。

「……」

「乗り物に乗り物が乗ってるぜ。いや、絵にはなるけどブレねえ」

「似合ってるわよー」

これってどう反応すればいいんだ？

「片手に絆殿を乗せ、櫂を片手に漕《こ》ぐでござるな」

「……みたいだな」

結構シュールな騎乗スタイルだぞ。とりあえず少し移動してみるか。

操作方法は陸地と同じで行きたい所を意識するだけで騎乗ペットが櫂で小舟を漕いでくれる。

自力で動かす必要が無いので楽だな。不思議とバランスは取れてるし。

速度は闇影の河童と同速だろうか。

「これも絆殿の騎乗ペットの固有能力でござるか？」

「どうなんだろうな」

ちなみに紡《つむぎ》の騎乗ペットである犬は水に対応しており犬かきで湿原を泳ごうとする。

しぇりるのカワウソは……言うまでもなく泳げるな。水陸両用らしく、背中に乗っていれば良い。逆に硝子《しょうこ》の猫、らるくの馬、てりすのモグラは水には入ってくれない。

「個人差が結構あるみてえだな」

「お兄ちゃんと同じく小舟か何かを装備すると入れるんじゃない？」

「かもしれませんね。しぇりるさん。後でお願いしてよろしいですか？」

「ＯＫ」

しぇりるが快く了承してくれた。後で材料を調達しないとな。

なんて検証をしているとズモモ……っと朝靄《あさもや》の中から大きな何かがこっちに這《は》ってくるのが確認できる。

「どうやら魔物の登場のようだぜ」

「拙者《せっしゃ》が先に行くでござる！　先制のドレインでござる！」

最近、使用頻度が下がっているドレインを闇影が這ってくる何かに向かって唱えた。

バシュッと良い感じの手ごたえのある音が響く。

俺も牽制《けんせい》に釣竿《つりざお》を振りかぶってルアーをぶつける。

ルアーは命中し、良い感じに引っかかる。

で、朝靄でよく見えなかったけどどうやら出てきた魔物はブラウンビッグスラッグ……見た目は大きなナメクジだ。

「やってやろうじゃねえか！」

「やっていきますかー！」

「……うん」

らるくや硝子たちも後に続くように魔物に向かって攻撃を始めた。

強さだけで言えば関所の先だったので前の地域よりは強い魔物のようだ。

ただ、硝子たちが戦い慣れているし、相応に装備も修練もしているので特に問題なく、ブラウンビッグスラッグを倒す事が出来た。

戦闘時間は数分ってところか。

「これを後49匹倒す感じだね」

「そのようですね。後はジャイアントパープルトードでしたか、手早くやっていきましょう」

「OK！　討伐カウントに入れていかないとね」

「もう少し沢山来ても良いでござるよ」

「さっさと倒して絆の嬢ちゃんを観察しようぜ」

「ねー！」

「観察しなくて良いから、そんなにサクッと行きたいならフィーバーするか？」

俺がフィーバールアーをすれば入れ食いは間違いない。

「俺は問題ないぜ」

「てりすもー」

「そこまでじゃないでござる！　らるく殿たちに合わせないで良いでござるよ」

はいはい。却下ね。

「ところで……みんなはナメクジやカエルが苦手とか言わないんだな」

俺のイメージでは女子ってこの手の生き物が苦手だったりするというのに硝子や闇影は

平然としている。

紡？　俺の実妹なんだから精神害虫以外でこの手の生き物が平気なのは知ってる。

「大きいナメクジでござるな。カエルも拙者《せっしゃ》は平気でござる」

ああ、騎乗ペットでそういうの来たほうがまだ良いと言っていたもんな。

やはり忍者の口寄せ的な感じなんだろうか。

「私も特に苦手という事はありませんね。そもそもこういった魔物を苦手と言っていたら戦いにならないと思いますが……」

「まあ……」

ゲームなんだからそんな事気にするなって事か。

「魚を捌《さば》けないって子がいるのは知ってるけど、ゲームじゃん。あーでも……ホラー系のVRゲームだときっついのあるよね。私アレはちょっと寒気が走った」

「てりすも平気ねーらるくは逆に虫が苦手かしら」

「ゴッキーを踏み潰《つぶ》せるてりすが異常だって理解してくれよ！　それ以外は平気だぜ！」

あ、らるく達の方はてりすがタフすぎる感性持ちのようだ。精神害虫を踏み潰せるって凄《すご》いな。

ここにいる連中はなんていうか色々とタフな奴らばかりだから気にしなくても良いのか。

「それで絆さん。解体をしておきますか？」

「そうだな……解体の条件稼ぎにやっておいて損はないだろうな」

数を稼ぐのも重要だけどそれ以外に、見知らぬ解体にも挑戦しないと上位のスキルの条件を満たせない。

あ、でも同じ敵を倒し続ける事でも解放できたりするっぽいのでケースバイケースか。

どうにもこのあたりのシステムは把握しきれないところがある。

ざっくりとこうして多種多彩の未知に挑む事で強くなっていけばいいって事だな。

という訳で早速ナメクジの解体をする事にした。

適した解体武器は……ケルベロスローターだな。冷凍包丁だとそぎ落としてしまう。

若干型落ち感が出てきているが解体に関してはまだ使えるだろう。

ズブッとナメクジの解体を行う。

感覚だと何に似てるだろうか？　ゼリーとも微妙に異なる硬さと切った感触だな。

大きい貝を切り分ける感覚が近いような気がした。

手に入ったのは大ナメクジの肉と粘液か。それとナメクジの結晶っていう体内に生成される物質のようだ。

結晶は……調剤とか何かの作成に使用可能な代物っぽい。

ただ、武具には使えそうにないな。

食料に出来そうだけどこんな肉を好んで調理する必要は無い。

「こんなところだな。解体の条件は……10匹くらいやれば良さそうだ」

ブラウンビッグスラッグを10匹解体すれば経験として一種とカウントされる。

こうして種類多く解体をする事で上位技能を習得するための条件を満たせるって感じのようだ。

ちょっと面倒だけどやっていかないと色々と限界が来るのはわかるからしょうがない。

まあ、釣りも魚のバリエーションを増やしていかないといけないのと同じだな。

そういう意味では釣りと解体のスキル相性は非常に良い。

「それじゃ次に行こうか」

「おー！」

って感じで俺たちは湿原で出てくる魔物の討伐クエストを進めていった。

次に出てきたのはジャイアントパープルトード……俺たちよりも大きいカエルだな。

ボス魔物って訳じゃないし、強さも今の俺たちなら倒せない相手じゃなかった。

もちろん解体を行ったぞ。

こっちは毒袋に皮、骨に肉と用途の幅が広そうな素材が結構手に入る。

肉は説明テキストによると腿《もも》の歯ごたえが良くて鶏肉の代わりに使用できるっぽい。

今度みんなにそっと出してみるのも良いかも。

「割と順調に倒せるね。50匹討伐もそこまで時間が掛からないかも」

「そりゃあ良いな。ところで未確認の魔物ってのはどうするんだ？」

「問題はそっちなんだよね。一体どの魔物を指してるんだろ？」

「クエストを受ける時の話だと湿原の奥の方に行った村人が行方知れずになり、探しに行って帰ってきた人が恐ろしいものを見たと言っていたとか……」

「よくあるクエストフレーバーだぜ。とはいえボスなら面白そうだ」

「そうだねー具体的に何一つわからないもんね」

よくわからん魔物がこの湿原にいて、そいつを倒してこいって事なんだろうけど一体どこにいるのやら。

って訳で俺たちは湿原の奥へと移動していくと……だんだんと靄《もや》が濃くなってきた。

「見晴らしが悪いな」

「ですね……」

なんか出てきそうな雰囲気だな。

そう思っているとバシャッと大きな水音が響き、靄の中で大きな影が湿原の水の中を泳いでいるのが確認できる。

「何かいるな。件《くだん》の大型の魔物って事で良さそう」

「ジャイアントパープルトードじゃないの？」

「カエルとは動きが異なる。それと……カエルに尻尾《しっぽ》なんてあるか？」

シルエットには尻尾らしき代物が確認できた。

間違いなくジャイアントパープルトードじゃない。

「さて、何が出てくるか。てりす！　闇影の嬢ちゃん、先制攻撃は任せたぞ」

「任せて！　サンダーボルト！」

「承知でござる！」

こういう時の一番槍《いちばんやり》は遠距離攻撃持ちの闇影とてりすに限る。

各々《おのおの》武器を出して戦闘に備えつつ二人が間合いを計っていた魔物に向かってドレインと雷《かみなり》の魔法を放つ。

「グウウウウ！」

バシッとエフェクトが出ると同時に靄《もや》から泥をまとった両生類……5メートルほどの大きなサンショウウオが悶《もだ》えながらこっちに突進してきた。

「行きます！　ただ……場所が場所なだけに動きづらいですね」

硝子は騎乗ペットが水に対応していないので、降りて出てきた魔物に対処すべく扇子を構えて逸《そ》らしながら攻撃する。

「紡の嬢ちゃん。合わせて行くぜ」

「うん！　大きいイモリだねー」

「……サラマンダー」

しぇりるがポツリと呟《つぶや》く。

「どうやらしぇりるが当たりだな。名前はミストマッドサラマンダーって名前みたいだぞ」

ドバァッと水しぶきを立てながら水弾を発射して俺たちに攻撃してきた。

おっと危ない。距離が離れていたから騎乗ペットに指示して小舟で移動して攻撃を避けられたけど下手《へた》したら当たっていた。

「中途半端に水に足を取られて動きづらいです」

「ちょっと誘導して木の橋がある所まで引き寄せようか」

「それが良いかもな。みんなやるぜ！」

「わかったでござるよ」

「はい」

機動性が悪いと判断したみんなはすぐに戦いやすい場所へとミストマッドサラマンダーを引き寄せにかかる。

が……木の橋の方まで誘導しようとするとミストマッドサラマンダーは近づく事なく離れて、一方的に水弾と泥をこっちに発射し続ける。

「どうやら戦いやすい場所へ引き寄せるのは対策されているみたいだね」

「厄介《やっかい》でござるな」

「しらける動きをしやがるぜ」

「しぇりるさんにお願いする？　水場での戦闘とか得意でしょ？　お兄ちゃんも」

えー……ここで俺に頼るのか？

「それを言ったら闇影だって乗り物が河童なんだから機動性は十分だろ」

「確かにそうでござるが……」

「遠距離の魔法で撃ち合いするのは面白くはあるけど手間よね」

いや、待て……あるじゃないか、こういう時に便利な装備、河童の着ぐるみが！

「絆の嬢ちゃん。何を閃《ひらめ》いたのか顔に書いてあるぞ」

「絆さん、何を私たちに着せようとしているかわかりますので言わなくて結構です」

「じゃあ装備してくれるのか？」

「それとこれとは別です」

「残念だな、闇影」

「なんで拙者《せっしゃ》だけでござるか！　絆殿も仲間でござるよ！」

くっ……河童になるのがそんなに嫌かみんな！

「遠距離攻撃合戦をして削《けず》り倒すか？」

「それが良いかと……むしろ絆さんお得意の武器でどうにか出来ないんですか？」

「最近お兄ちゃん戦闘でも釣竿《つりざお》使うもんね」

ああ、まあ……そういう手もあるか。

糸を頑丈なやつに変えてルアーを青鮫《あおざめ》のルアー〈盗賊たちの盗人《ぬすびと》〉に……ミストマッドサラマンダーの遠距離攻撃を騎乗ペットの動かす小舟で巧みによけながらキャスティング！

スパァッと良い感じに斬撃エフェクトが出る。

「グウ！」

あ、攻撃を受けてミストマッドサラマンダーがちょっとよろめいたぞ。

「ドレインドレインでござる！」

「てりすも負けないわよ。ただ、雷《かみなり》は効きが悪そうね」

闇影とてりすも負けじと怒涛《どとう》のドレインを使いまくって注意を向けさせている。

しえりるは回り込む形でカワウソの騎乗ペットでミストマッドサラマンダーの背後に行き銛《もり》で突く。

「グウウウ！」

プクゥッとカエルみたいに喉《のど》を膨らませたミストマッドサラマンダーが闇影に向かって水弾を放った直後、俺は釣竿を上げてルアーをミストマッドサラマンダーの口に引っかける。

「グウ⁉」

思わぬ拘束だったのかミストマッドサラマンダーが俺の方に頭を向けたぞ。

よしかかった。

モーターリール作動！　エレキショック！

バチバチバチ！　っとエレキショックがミストマッドサラマンダーに命中する。

「グ……グウウ！」

おお？　何となく効きが悪い。

てりすの言う通りマッドって部分からして水場の魔物でも雷《かみなり》には耐性があるのかもしれない。

「後は一本釣り！」

とはいえ、俺の引き寄せでミストマッドサラマンダーのその大きな体はこっち方面に転がった。

「ここまで来て転倒したなら攻撃のチャンスです！」

「さすがは絆の嬢ちゃん」

「お兄ちゃんってサポート上手だよねー」

硝子と紡がこの隙《すき》を逃さず悶《もだ》えるミストマッドサラマンダーに向かって各々《おのおの》武器を振りかぶって攻撃する。

「粘膜で防御能力そこそこあるっぽいね。武器の入りが思ったより良くないよ」

「そうですね。ですが私たちの武器なら通じないほどじゃありません！　行きます！　輪《りん》舞零《ぶぜろ》ノ型《かた》・雪月花《せつげっか》！」

「「死の舞踏！」」

おなじみとなっている硝子と紡とらるくの攻撃スキルがミストマッドサラマンダーへと発動する。

「グ、グウウ⁉」

良いダメージが入って転げ回っている。けど倒しきるほどじゃなかった。

一応エリアボスって感じの魔物なんだろう。あっさりと倒れてはくれない。

「行け！　クリス！」

「ペン！」

クリスに攻撃を命じる。ブレイブペックルは守り担当なので攻撃は出来ない。

俺の命令に従ってクリスがミストマッドサラマンダーに突撃、ただペックルは水属性なので効果的ではなさそう。

「ボマーランサー！」

しぇりるも攻撃に便乗してミストマッドサラマンダーに飛び乗りドスドスと、硝子たちより苛烈《かれつ》に攻撃を繰り出している。

「……」

　その気迫は普段のしぇりるとは全く違う、鬱憤《うっぷん》が溜《た》まっているといった具合の連続攻撃だ。

「しぇ、しぇりるさん？」

「しぇりるさんこの前の戦いのストレスが溜まってたみたいだねー」

「すげー迫力、切れた時のてりすより圧がある気がするぜ」

「しぇりるちゃん。ちょっとこわーい」

「鬼気迫る勢いでござる……」

　バチンとルアーが外れる。

　するとミストマッドサラマンダーが転倒から起き上がりグルッと体を一周させて周囲に衝撃波を発生させた。

　しぇりるは振り落とされて水の中に落ちる。

　即座に騎乗ペットが回収してくれて水面に出る。

「……」

「キュー！」

　行けっ！　っとばかりに銛《もり》をミストマッドサラマンダーに向けると騎乗ペットのカワウソがそのまま飛び掛かってミストマッドサラマンダーの喉《のど》に食らいつく。

「グウウウ！」

「……」

そのまましぇりるは無言でブスブスとミストマッドサラマンダーを刺しまくる行為を再開した……なんか怖いな。

「と、とにかく攻撃！」

「はい！　この隙《すき》を逃しません！」

「そうでござるな！」

そんな訳で俺たちの怒涛《どとう》の攻撃でミストマッドサラマンダーを倒す事が出来た。

「問題なく倒す事は出来たけど、思ったよりタフだね」

「そうですね。装備を整えた方が良いかもしれません」

「不要」

しぇりるがここで硝子の提案を断り、ストレージからあの着ぐるみを取り出して着用を始める。

「しぇりるの嬢ちゃん。根詰めすぎんなよ？」

「あの……しぇりるさん？　なんかやる気に満ちていますがサンショウウオが嫌いなんですか？」

「……？」

硝子のセリフにしぇりるは首を傾《かし》げている。

心の底からよくわかってないって顔だ。

「硝子さん。らるくさんも、しぇりるさんは思いっきり暴れたい時があるんだよ。ね？　別に両生類が嫌いだからじゃないよね」

コクリとしぇりるが頷《うなず》いた。

どうやらしぇりるは魔王軍との攻防で負けた事が悔しかったんだろう。

強くなりたいから引きたくないって気持ちは痛いほどわかるぞ。

俺は姉さんや紡に比べると運動神経や戦闘センスが劣るから、悔しさをよく経験したもんだ。

「青いなー」

「甘酸っぱいわね。らるくー」

らるくとてりすの二人は大人だから敗北のダメージはそこまで無かったんだろうけどな。

「とりあえずしぇりるさんがやる気に満ちてるんだからやっていこう。で、お兄ちゃん。解体任せたよ」

「はいはい」

そんな訳で倒したミストマッドサラマンダーの解体を行う。

まだ他にも出てくるだろうし早めに解体すべきだな。

高速解体を使って手短に解体を行う。

今のしぇりるは見た目がネタでも強ければ良いって心境なんだろう。

河童装備を着用している。

……今はやりたいようにやってもらえば良いか。

そこそこの付き合いだけど、数日後にはいつものしぇりるに戻っているだろう。

って感じで俺たちは湿原でクエスト対象の魔物を狩っていったのだった。

そうしている内に俺を含めてみんな、ある事に気付いた。

「この辺りはどうやら引き寄せない限り、魔物が来ませんね？」

小さめの滝がある場所なのだが、魔物が寄ってこないのだ。

「そうだな、休憩ポイント的なやつなのかもしれない」

「たぶんそうだと思うよ？　こういう所が狩場にちょこちょことあるのを知ってるよ」

「リアルじゃねえ感じだけど無きゃないと不便だよな」

「ふむ……ならちょうどいいか、ここで釣りでもしてアメマスが釣れないか試してみるとしよう」

「確かにお兄ちゃんに試してもらうには良さそう。素材もそこそこ集まってるし、じゃあお兄ちゃんはここで釣りしてて、何かあったら呼んでよ」

既にそこそこ解体は済ませてある……ロミナに何かを作ってもらうには足りないって可能性もあるけれど、その時はその時だ。

「わかった。アメマスをしっかりと釣ってやる！」

「では私もご一緒しますね」

ここで硝子が手を挙げる。今回の魔物退治を好んでするポジションじゃないのか？

みんな意外といった顔で硝子を見る。

「どうしました？」

「硝子さんどうしたの？　魔物退治よりお兄ちゃんに付き合うなんて、疲れちゃった感じ？」

「そうでござるな。一体どういう考えでござる？」

「あ、万が一に備えてお兄ちゃんの警護とか？　お兄ちゃん、ペックルマスターだから逃げるのは上手だよ？　それにらるくさん達も見てるんじゃない？」

うるさい。確かに異常事態があったらペックルを盾《たて》にして逃げるけど、それにしたって言い方があるだろ。

「もち、魔物退治は絆の嬢ちゃんがヌシを釣るのを見てからでも良いと思ってるぜ」

「そうそうスタンバって見てるわ」

待機しないで良いから！　この二人は俺に期待しすぎだ。

「そういう訳ではなく、絆さんは私たちに付き合ってくださっているのですから私も絆さんに付き合うべきだと思いまして」

「気にしなくていいんだぞ？」

「いえ、いつまでも甘える訳にはいきませんから、カルミラ島の時にも教えてくださったじゃないですか」

「まあ……そうだね」

あの時は大事なルアーが奪われて教えるって状況じゃなくなったから硝子への釣り訓練は中途半端な状況だったたっけ。

「だから今回、私は絆さんと一緒にアメマス釣りのクエストの方をしますね」

「硝子さんも律義だねーわかったよ」

「理由はわかったでござる。では拙者《せっしゃ》たちが魔物退治をしてくるでござるよ。しぇりる殿もそれでいいでござるな」

「……ん」

コクリとしぇりるが頷《うなず》いた。

「ま、バランスは良いんじゃね？」

「らるく殿たちは休憩でござるな。一緒に釣りはしないでござるか？」

「やるか？」

こっちで休むなら釣りをしても良いんだぞ？

「いやいや、いやー歳食うと若い連中よりも疲れが溜《た》まってしょうがねえなー」

「ねー」

この二人は……タダ単に俺が変なの釣らないか見たいだけだろ。疲れるほど何かしてない。

「ではそっちは任せたでござるよー」

「ああ、今晩はアメマス料理を振る舞ってやるからなー！」

「てりすもアメマス料理を考えとこうっとー」

という訳で俺たちは二手に分かれてクエストを行う事にした。

紡たちが遠くに行くのを見届けた後、俺は装備欄からお古《ふる》の釣り具を取り出して……今回のアメマス用に釣り具をセットして硝子に渡す。

スポーツフィッシングの側面があるようだから釣り糸は丈夫なやつにしてルアー釣りで良いだろう。

フライフィッシングでも釣れるとは思うけど……。

他に何が釣れるかわからないんだし、これで良いだろう。

「はい硝子、これで釣りをしてくれ」

「はい。フフ、絆さんのカニ籠《かご》回収に付き合ったお陰でフィッシングマスタリーが上がっているのですぐに挑戦できますね」

「ああ、スキル取ったんだ？」

「はい。使わない時は外せばいいですから」

スピリットは取得したスキルで常時消費するエネルギー量が決まる。

もちろん時間で増えるエネルギー量を調整する事が何より大事だ。

マナも毎時増え、上げ下げすると半分は戻ってくるけど損失は出る。

あんまり上げ下げはいい方法ではない。けど……硝子が取得すると決めたのだから良いんだろう。

カニ籠《かご》はフィッシングマスタリーとトラップ関連の条件に該当するらしく、カニ籠で捕まえた獲物を手にした時にカウントされるのだ。

なので山ほど俺が設置したカニ籠で蟹工船《かにこうせん》をした際に、相応にフィッシングマスタリーとトラップ関連の経験を得ている。

そのため、硝子もフィッシングマスタリーを一気に引き上げる事が可能となっているんだ。

「それで絆さん、今回は……ルアー釣りのようですね」

「ああ、まあ見ててくれ。まずは手本を見せるぞ」

「前はその手本でいきなりヌシが引っかかっちゃったんでしたね」

「ああ、狼狽《うろた》えてしぇりるの嬢ちゃんを凄《すご》い勢いで呼びつけたって聞いたぜ」

「その時の絆ちゃんを見たらてりす達、爆笑してそうね」

「いなくて良かったよ」

苦い経験だな。カルミラ島の池で釣りをした事が思い出される。

今ではその時に遭遇したヌシの装備を俺と硝子は各々《おのおの》使っている訳だし。

「……騎乗ペットに乗ったまま釣りが出来るっぽいな」

片手で俺を支えていた騎乗ペットが両手で支え始める。

なんか踏ん張りが利くのはゲーム独自の仕様か……小舟に乗ってもバランスよくルアーを投げる事は出来そう。

「すげえ器用な体勢、そこまでして釣りをするのか」

「結構シュールね。むしろ騎乗ペットに竿《さお》を振らせる方が自然じゃないの？」

「……」

騎乗ペットに竿を持たせられるか確認してみる。

あ……一応持たせられるのね。普段の片腕で俺を乗せるフォームになって俺の竿を持たせて投げさせられる。

「でもそのポーズ……かなりシュールじゃない？」

「お嬢様のためにウサギの使用人が代わりに竿を振ってるみたいになっているぜ」

「似合ってるわよー」

「やっぱり俺が釣る！」

騎乗ペットから竿《さお》を取り返し、スナップをかけてルアーを湿原の水辺に投げ入れる。

リールをリズムよくキリキリと回して魚を演出するのを意識して竿を小刻みに動かしながら巻いていく。

手元まで巻いてしまったら再度キャスティング。

そうしているとくいっと引きが来たので竿を上げると、魚がヒットしたのかぶるぶると手ごたえを感じた。

「よし！」

右へ左へと逃げる方向とは反対に竿を動かしながらリールを巻き取る。

今回かかった獲物はあまり引きが強くないみたいだ。

「フィッシュー！」

一気に引き寄せて釣り上げる。

すると……ビチビチと40センチくらいのカエルが釣れていた。

確認するとジャイアントパープルトードと出ている。

「ジャイアントパープルトードも釣れるみたいだな」

「そのようですね」

「カエル釣りか」

「らるくって田舎の田んぼで遊んでたりはしてないのか？　やってそうなイメージある」

幼い頃のらるくって悪ガキだったっぽい話してたし、そういった元気な遊びは似合いそう。

「生憎《あいにく》してねえなーでも知ってたら遊んでたに違いないぜ」

「カエルに爆竹遊びってのがあったけど、酷《ひど》いものよねー」

「てりすの方は知ってるみてえだけど……やべえな」

てりすの方は子供故の残酷な遊びを知っているようだ。

「まあボーンフィッシュとか釣れたりする訳だし、よくある事だ。こうして釣り上げたものを収納できるのは覚えてるよな」

「はい。前にも釣ってましたもんね」

そうそう、アイスヘローンだったな。掠《かす》め取りをしようとしてそのまま釣られた奴。

「とまあ……こんな感じ、ルアーを地面に引っかけて大地を釣らないように色々と試していけば良いいさ」

「わかりました。じゃあやっていきましょう」

硝子が俺から教わった通りに釣竿を振りかぶってルアーを飛ばして着水させる。

「絆さんみたいに静かに落ちませんね。ドボンって感じで落ちちゃいました」

「そこは慣れだ。マスタリーはしっかりと取っているんだし、すぐに出来るようになる」

キリキリリッと硝子も俺の手つきを見よう見まねで若干ぎこちないけど糸を巻いていく。

が、ピクッと引き上げてしまった。

「あれ……感触から何かがかかったような気がしたんですが……」

「早すぎだったんじゃないかな？　こう、軽く突いているって時もあるんだ」

「魚さんも侮《あなど》れないって事ですね……しっかりと間合いを計り、引っかけるタイミングを見極めなければいけません」

なんか硝子が燃えているような感じだ。

それから硝子が釣竿《つりざお》を何度か振るっていくと、どうやら魚が近づいてきたようで巻き方がゆっくりになる。

今度は失敗しないとばかりにタイミングを見極めながら巻いていた硝子が、確かな手ごたえと共に竿を振り上げる。

竿がしなって魚がヒットした事を伝えてくれる。

「いきます！」

キリキリリキリとリールを巻きながら右へ左へと硝子は魚との攻防を始めた。まあ魚の引きが弱いのか一方的に引き寄せられているんだけどさ。

そうして近くまで手繰《たぐ》り寄せてからスッと水面から魚を引き上げる。

えーっと……大きさが15センチあるジャイアントパープルオタマジャクシ……トードの前のオタマが釣れた。

「釣れました！」

「あ、うん。釣れたね」

「オタマジャクシも釣れるんですね」

「そうだね。とりあえずこれが硝子の初魚《はつうお》って事だね」

「おめでとうって事だぜ」

「おめでとうね！」

「は、はい……なんか少し気になりますけど……」

「まー……魚としてカウントしなくても良いかもね。魔物枠なんだし」

「確かにそうです。じゃあどんどん釣っていきましょう」

って感じで硝子もやり方をしっかりと覚えてくれたので一緒に釣りを始める。

俺もヒョイッと釣竿を振るってルアーを落とす。

リールを巻いていくと……ヒットの手ごたえ。

ビクッと竿がしなったのでそのままリールを巻く。釣り具の性能が良いからかあっさりと魚が顔を出す。

「オオキンブナ……」

30センチほどのフナが釣れた。

なんか水族館で見た覚えがあるぞ。コイと生息域が被《かぶ》る魚だ。

となるとコイもここでは釣れるかもしれないな。

「やりましたね」

「ああ。色々と釣っていこう」

「オオキンブナね。焼き魚か煮付けが良いかしら？」

釣った魚は全部食べ物な認識のてりすがどう調理するか考えている。

別に良いんだけど、今晩はアメマス料理にしたい。

「はい。あ、何か引っかかりました……手ごたえが弱いですね？」

ザバァッと硝子が竿《さお》を上げると……長靴が釣れた。

「……」

硝子が切ない目をして長靴を見つめる。

「虚《むな》しくなる必要はないぞ？　俺なんてしばらく空き缶を釣り続けていたんだからな」

今でも結構ゴミが釣れる事はある。

カニ籠《かご》にも混じっていたりするしな。なんだかんだ人間の環境汚染がゲームにも反映されているのかもしれない。

「ゴム長靴だから、ゴム素材としてアルトやロミナが回収してくれるぞ」

「普通に揃《そろ》えりゃ足の装備にもなるしな。雷系《かみなりけい》の耐性も付くから初期は地味に優秀だぜ」

そういやらるくが俺から長靴を安く買った事があったなー……。

「そうなんですね。どんどんやっていきます」

こうして釣り場をちょこちょこと移動して流れのある所にルアーを投げ込む。

するとフナとは別の魚が釣れた。

「ウグイ……かな？」

ミカカゲウグイというどうやらこの国固有のオリジナル魚が釣れた。

見た感じ大きめのウグイだ。大きさは30センチ。

どうも30センチ台の魚ばかり釣れるなー……アメマスは一体どこで釣れるんだ？

「あ、き、絆さん！　引きが強い魚が来ました！」

「お？　硝子の嬢ちゃんが大物を釣るか？」

硝子の方を見るとバシャバシャと水音を立てながら魚との攻防が行われていた。

とはいえ、硝子の引っ張る力の方が強い。

「そこは右、うん。良い感じ、そのまま巻いてー」

俺の助言を聞いて硝子がリールを適切に巻いていったところで魚が抵抗とばかりに水面から飛び出した。

「あ、巻くのはストップ！」

水面から出た直後に巻くと糸が切れたり針が外れたりする事があるんだ。

ただ、硝子が引っかけている魚は大きかった。ウグイよりは大きいので別の魚なのは間違いないはずだ。

確かに引きがかなり強い魚のようだ。こうパワーのある魚って海の魚が多いけど、川の方でも力のある奴はいるもんだ。

「よーし巻いてー」

ザブンと水に入ったのを確認してから硝子に巻くのを指示。

「はい。ブルブル震えて手ごたえがなんか心地いいです」

「釣りって人間の狩猟本能を刺激するらしいからね」

なんとも不思議な魅力があるのは否定しない。

まー……俺もリアルで釣りが趣味だったかというと時々行く程度だったんだけどさ。

このゲームで釣りをしているうちにどんどんハマっていったのは間違いない。

「よーし！　後は引き上げる。針が外れないように掴《つか》むから安心して」

「はい！」

って感じで巻き終えた硝子の代わりに俺が魚を引き上げる。

「お、硝子、やったよ。目的の魚を一匹ゲットだ」

硝子が釣り上げたのがどうやらアメマスだったようだ。

イワナに何となく似た感じの魚だな……ってアメマスはイワナの一種か。サケでイワナなんだな。なるほど、これがアメマスなのか。

何となくヤマメとイワナって似ているし、よくわからないと頭の中で混ざっちゃうよな。

「硝子の嬢ちゃんが先に釣り上げちゃったな」

「やりました！」

無邪気な笑みを硝子は浮かべてくれる。

これであんまり楽しいものじゃないですね。って言われたらどうしようかと思ったけど、杞憂《きゆう》だったようだ。

「よーし！　俺も負けてられないな！」

「はい！　今日は何匹釣れるか競争ですね！」

「ふふふ、師匠のポジションを早々に手放しなどしないぞ」

「負けませんよー！」

「それはこっちだって、経験者の腕前を見せてやる」

「ふふ、二人とも頑張れよ」

「そうそう、今晩のおかずが懸かってるのよ」

って感じでなんとも楽しげな感じで俺たちは釣りを続けた。

思えば釣りを誰かと一緒にやるってあんまりしてなかったから新鮮な感じだ。

こう……一人で釣りをするのとは別の楽しさがある。

前に釣り仲間と一緒に釣りに行くんだ！　って思ってたけど実現してなかったもんな。

「釣れたペン！」

クリスとブレイブペックルにも釣りを指示していた訳なんだが……各々《おのおの》ドジョウやコイ、ウグイにスナヤツメを釣っているのを確認している。

硝子が釣ってすぐに俺もアメマスを釣り上げたぞ。

確かに竿《さお》にかかる手ごたえはなかなかのものだ。

良い釣り具とマスタリーを取ってないとすぐに針が外れるくらいには難度がある。

「ちなみに硝子、絶対に負けたくない場合は電気ショック……リールに付けてあるボタンを押すと良いぞ」

「わかりました。けど……良いんですかね」

「邪道なのは認めるけど使わないと釣れそうにないのも引っかかったりするからあるに越した事はないんだ」

「なるほどです」

なんて感じでいざって時の予防線の説明をしながら俺たちはアメマス釣りを続行する。

一度釣れる場所がわかれば後は粘ればいいだけだ。

　俺も硝子もだんだんと手慣れてきたぞ。

「ちなみに硝子はアメマスでムニエル以外だと何が食べたい？」

「てりす、照り焼きとかどうだ？」

「悪くないわね」

　釣りをしてない二人がアメマスで何を作るか相談している。

　良いんだけどね。沢山釣る予定だから。

「そうですねー闇影さんの話では水っぽいそうですから、何か良い料理はないのでしょうか？」

「水気を抜くって事で塩漬けとかにすると良いかもしれないわね。ただ、ちょっと設備が必要になるかしら？」

　干物を作る感じになるからどこかに機材を作るべきだろう。そうなると細工が必要か……罠技能《わなぎのう》で代用できればいいんだが。

「天日干しにするか……一夜干しを試してみても良いかもしれない」

「色々と調理方法がありますね」

「そうだなー。ま、最近は色々と高級食材を食べすぎてるし、アメマスだと物足りなく感じちゃうかもな。そうならないように工夫するよ」

「連携技で品質上げれば気にならないいんじゃないの？」

「そんな元も子もない」

「絆さんとてりすさんに任せっぱなしですね」

てりすとの連携技やブレイブペックルのアシストなんかもあって料理はそれなりに出来ている自覚はある。

けどそれは俺自身の実力で出来ている訳じゃない。

専門の人には劣るだろう。そもそも俺は釣りがメインでサブが解体って感じなんだし……さらに料理までとなるとちょっと手が広くなりすぎてしまう。

いくら連携スキルがあると言ってもな……。

「⁉」

なんて考えていたところ、ガクッと硝子が体勢を崩した後、急いで竿《さお》を引き上げ始めた。

見ると、竿が思いっきりしなっている。

「お？　もしや硝子の嬢ちゃん」

「意外な展開かしら？」

この曲がり具合は相当の大物だ。少なくともアメマスの比じゃない。

「な、なんかとてつもなく強い引きが来てます！　ど、どうしたら！」

「釣る時の動き自体は普段通り……これまで教えた通りにやっていけば良い」

こりゃあ硝子の竿にヌシがかかったとみて良いかもしれない。

そうじゃなくても相当の大物であるのは間違いないぞ。

「は、はい」

リールを回しながら硝子がファイトを始めた。

俺が教えた釣り方を忠実に再現しながら水しぶきを上げる大物に挑むようだ。

俺以外の奴がヌシと戦っているのを初めて見た。

ここは素直に成り行きを見守るべきか？　いや……このディメンションウェーブというゲームにおいてヌシ釣りは簡単な事ではない。

「くっ……なんていう力強さでしょう……」

「硝子、電気ショックを使うんだ！」

「は、はい！」

現実の釣りだったら風上にも置けない電気ショックであるがこのゲームじゃ魔物も釣れる訳だからやらねば釣れるものも釣れない事だってある。

バチバチと釣り糸から電気が走って水面の影に電気が通る……が、屁《へ》でもないかのようにヌシは暴れている。

出来る事はある！　今までのヌシ釣りの時だってやってたじゃないか。

「てりす、手伝うわね。サンダーボルト！」

「硝子は初めてだ、協力感謝する！　クリスも行け！」

「ペーン！」

前にもやったようにペックルを使ってヌシのスタミナを直接削《けず》るサポートを俺はクリスに指示した。

「前にもあったけど手伝うなら俺も何かピンポイントで狙える武器を用意するか」

らるくも何か協力できないかと考えている隣で俺は弓矢を取り出し硝子が釣ろうとしているヌシへと狙いを定める。

「くううう……はあああ……」

キリキリと硝子がリールの巻き取りを行う。

その間にも俺たちはヌシの影に攻撃を仕掛け弱らせる。

くっそ……引っかけたのが硝子だからかこのヌシ、水面に姿を現さないぞ。

「結構引きが強いみたいだな。絆の嬢ちゃんクラスじゃねえと厳しいか」

「諦《あきら》めるな！」

なんだかんだここは最前線とも言える釣り場なんだ。

何より硝子はフィッシングマスタリーの技能は高くても他の技なんかは未取得だろう。

まだ経験が足りない中でのヌシとの戦闘なんだ、上手《うま》くいかなくて当然かもしれない。

「あ！　硝子ちゃん！　あのヌシ、流木に糸を引っかけようとしている！　酷《ひど》いわ！」

「姑息《こそく》な奴だぜ」

「絶対に引っかけさせるな！　そのためなら逆に振らなくても良い！　糸を切られるのが一番の敗北だからな！」

「は、はい！　なるほど、地形もしっかりと把握しないといけないのですね！」

ヌシが流木に回り込んで糸への与ダメージを狙っているのがわかったので硝子に注意する。

硝子は糸が引っかからないように竿《さお》を振るってその抜群の運動神経で跳躍して回り込んだ。

おお……凄《すご》い安定の動きって見惚《みと》れている暇はない。

右へ行ったら右へ、左へ行ったら左へと硝子は回り込んでヌシの抵抗を往《い》なし続ける。

「食らうペン！」

水竜巻を起こしたクリスがヌシへと攻撃を当てる。

「結構やるわねー。水属性でも拘束目的なら有効なのね。ならアクアトルネード！」

てりすが合わせて水竜巻を呼び出してヌシを弱らせる。

現にさっきよりも水面に近いくらいにヌシが浮上してきている。

「ううう……」

ギリギリギリ……っとリールが音を立て、思い切り竿がしなり続ける。

これが醍醐味《だいごみ》ってやつだ。よし！　水面に顔を出させられるぞ！

バシャッ！　っとヌシが水面から飛び出して姿を見せる。

その姿はパッと見だけどアメマスに似ている。

「お？　ヌシのアメマスか？」

「大物ね！」

けど何か違うのがわかるな。まずは釣り上げなきゃ始まらない。

「あ！」

まるで勝利を確信したかのような飛び出しをしたヌシが空中でクニッと体をくねらせて糸へと攻撃をする。

「うわ！　器用な真似《まね》しやがる！」

「あーん！　惜しいー！」

するとバチッと糸がキレイに切れ、硝子が体勢を崩してしまう。

「このまま逃がすか！」

ほぼ無意識に俺は弓矢を落として釣竿《つりざお》に武器を変え、ルアーを……勝利を確信したであろうヌシの顔……硝子が引っかけていたヌシの口にルアーをぶつけていた。

ガクンと俺の竿がしなる。

「き、絆さん⁉」

「すげー！　絆の嬢ちゃん！　外れた瞬間引っかけやがったぞ！」

「素直に感心するわ！　マジすごいんじゃないのー？」

おっと、予想外に上手《うま》くいったぞ。

ある意味、これもフィッシングコンボってやつかもしれない。

まさかヌシを逃しそうになった直後に他の釣り人が掠《かす》め取り出来るなんてな。

「後は任せろ！」

「は、はい！」

「くぬぬぬぬ……」

電動リールで急いで巻き取りを行う。

くっ……このヌシ、やっぱり硝子の時は手加減していたんだな。

俺が引き継いだ途端、正体を現したとばかりに水面で暴れだす。

「メチャクチャ暴れてるな。硝子の嬢ちゃんの時の比じゃねえ」

「ヌシに手加減されてたって事だったのね。遊ぶなんて酷《ひど》いわ。てりす、遊ばれた硝子ちゃんの分、あのヌシに攻撃するわよ！」

バシャバシャと水面に顔を出しては糸を尾びれで攻撃するし、流木に引っかけようとする。

ナマズ並みに性格が悪いぞこいつ！

なので俺も騎乗ペットに乗って小舟で回り込んでやった。

食らえ電気ショック！

バチバチッと水面がスパークした。

「ていていペン！」

クリスが張り付きからの攻撃を続け、てりすが水竜巻で拘束してくれていた。

「私も絆さんのように……はあ！」

今度は硝子がサポートをするとばかりに……ルアーを付けなおして、ヌシの体に絡みつかせる。

「そうよ硝子ちゃん！　あのヌシには報いを受けさせるのよ。あんな人を舐《な》めた奴を許しちゃいけないわ！　オラァ！　舐めてんじゃないわよ！」

いや……なんかてりすにスイッチ入ってない？　硝子の昔の仲間にガチギレしたらるくを思い出すんだが。

「て、てりす落ち着け！　スイッチ入ってるからな」

「わかってるわよ。でもアイツのやり方が気にくわないのよ。らるくも何かしなさいよ」

「鎌だと範囲が広くて迷惑掛けちまうんだよ。慣れない武器で援護するのもどうかと思うだろ？」

「なら絆ちゃんの手伝いで覚えた罠《わな》を使いなさいよ」

「あ、なるほど。その手があったな」

ってらるくが少しだけ手伝ってくれたカニ籠漁《かごりょう》で得たトラップマスタリーでヌシの逃げる先に投網《とあみ》の罠《わな》を施してヌシの動きを鈍《にぶ》らせる。

なんていうか、みんな器用だよな。

「よし硝子！　ダブルで電気ショックを流すぞ！」

「はい！」

「いっせーのせ！」

バチバチとダブルの電気ショックが発生し、水面が光る。

が、ヌシの奴……まだ抵抗をする。

どんだけ体力があるんだよ。

「はあああ！　一本釣り！」

グイッと引き上げにかかるがフィニッシュには至らない。

ってところで俺を支えるライブラリ・ラビットが懐からなんか札っぽいものを出してヌシに投げつけた。

ズーン……と、ヌシの動きが遅くなる。

鈍足《どんそく》の状態異常攻撃？　結構便利なオート攻撃できるのな。

「体力に自信があるようだが、これはどうだ！」

竿《さお》を素早く上下させてルアーに衝撃を与える。

するとザシュッと血のエフェクトが発生した。

どうやら攻撃性能のあるルアーはこういう時に効果を発揮してくれるみたいだな。

「もう一度行くぞ！」

ギュイイインッと電動リールが高速回転を始め、糸を巻き上げに入る。

そこから電気ショックをお見舞いしつつクリスの突撃が掛かる。

硝子の巻き込みはまだ効果がある状態で、一気に仕掛けた。

「やっれー！　絆ちゃーん！」

一本釣り！

てりすの掛け声と共にザバァッとヌシが俺たちの力に負けて岸へと文字通り引き上げられた。

ビチビチと岸に上げられていながらもまだ抵抗するかのように跳ねている。

「ザマアね！」

そのまま硝子と一緒に湿原の沼へと入らないように完全に岸側に引き上げ終えると、やっとヌシは大人しくなった。

「よし！　釣り上げ完了っと」

ヌシの口から硝子が逃しそうになったルアーを外して俺もルアーを取る。

「一時《いちじ》はどうなるかと思いましたがやりましたね！」

「ああ……どうにかな」

「やったわー！　ナイスファイトよ硝子ちゃんに絆ちゃん！」

俺たちは釣り上げたヌシへと視線を向ける。

そのヌシは……3メートル半くらいある、大きな……イトウ。ヌシイトウだった。

「これがヌシを釣るという事なんですね……絆さんが夢中になる理由がわかりました」

「そうなのか？」

「ええ、今まで私は単純にすごいと客観的な目線で見ていたんです。それが自ら引っかけ、攻防を経験したお陰でわかりました。ヌシとは魔物との戦闘をする私からすると……文字通りボス魔物だったんです」

「いや、それは至極当然の事なのでは？」

釣りオンリーってぐらい釣りをしている俺からすると何か違いがあるのだろうか？

「絆さんからすると最初からそうだったという事なのは今になってわかったに過ぎないんです……ただ、今まで私は見てただけで何も知らなかったんだと実感したという事です」

硝子が自らの手を見つめている。

「絆さんが釣り上げたお陰で逃がす事はありませんでしたが……私の負けであるのは事実ですね。ですが、次こそ負けられないです。なんとも面白いです」

なんか硝子が釣りの楽しさを理解してくれたようで何よりだ。

「さて、じゃあ早速魚拓を取っておこう」

ヌシイトウの魚拓……写真を手で形作って撮影っと。

お？　騎乗ペットが撮影に反応してヌシイトウを持ってくれる。

「ペーン！」

クリスと……一緒にいたブレイブペックルもカメラワークに入ってくるぞ。

撮影に反応するＡＩか……まあ……良いか。

「イエーイ！」

「ピース」

らるくとてりすも大人げなくカメラ範囲に入って笑う。

いや、別に良いんだけどね。

「紡の嬢ちゃん達に見せてやらないとな。硝子の嬢ちゃんがヌシを引っかけたって」

「絆さんが釣り上げたんじゃないですか」

「引っかけたのは硝子さ、俺は補佐したまで、何せ師匠なんだから、弟子の尻拭《しりぬぐ》いをして、後悔の無いようにするのは当然だろ？」

「そうよ。この性悪なヌシを逃がしちゃてりす枕を高くして寝られないわ」

「なるほど……そういう考えもありますか……ふふ、優しい師匠ですね。てりすさんも私の気持ちを考えてくださりありがとうございます」

なんとでも言ってくれれば良いさ。

「さて、このヌシはみんなに見せるから置いておくとして、今日の分のアメマスを釣るぞ」

「ヌシも食べましょうよ。ただ……ここまで大きいと大味になりそうよね」

てりすは本当、ヌシでも食べ物って認識なんだな。

「ここで休憩とかせずにやり遂げるんですね」

「休憩を取っても良いけど、先にやっておいてみんなが来るまで休みたいだろ？　硝子は休んでても良い」

「いえいえ、なら私も続けますよ。ただ、ヌシを釣る余韻をもう少し味わっていたかっただけですから」

「もちろんやる事を終えたら楽しむさ」

みんなが来るまでニヤニヤすれば良いのだ。この勝利の美酒を味わいながらの釣りもなかなか楽しいってもんだよ。

「ま、絆の嬢ちゃん達がサクッとヌシを釣っちまったし面白いもんは見れた。てりす、俺たちも魔物退治に行こうぜ」

「そうね。私たちは紡ちゃん達の方へそろそろ行くわ。もちろん、何を釣ったかは言わないでおくわね」

「ああ、お楽しみにってやつでな」

「おうよ」

って感じにらるく達を見送り、俺たちはクエストと今晩食べる分のアメマスの確保を行ったのだった。

一話　補佐コンボ

「またお兄ちゃんが釣り上げちゃったね」

「随分と頻度が高いでござる」

「グッドラック」

紡たちがらるく達と一緒に目標数の魔物を倒して帰ってきた。

「よく釣れるのは否定しないけど今回は違うぞ！」

「そうね。今までとはちょっと違うわよ」

「違うって？」

紡と闇影が怪訝《けげん》な顔で尋ねる。

どうせ誤差みたいな差でしょ？　って言いたそうなのがヒシヒシと伝わってくるぞ。

「引っかけたのは硝子だ」

「え⁉　硝子さんが釣ったの⁉」

「驚きでござる！」

「そう」

意外といった様子で紡たちは硝子に顔を向ける。

硝子はそこで違うとばかりに手をブンブンと振って答える。

「いえいえ、違いますよ。確かに最初に引っかけたのは私ですが、力及ばず糸が切れちゃったんです。ですがすかさず絆さんが上手《うま》く針を引っかけて引き継いで、てりすさん達も手伝ってくださったんです」

「そんな事できるの？」

「神業でござるよ」

「面白かったぜ。あの動き、それだけでも見る価値があるってもんだ」

「咄嗟《とっさ》にルアーを口に引っかけたら出来ただけだって」

「そういえば絆殿……魔王軍の水の四天王の口にもルアーを引っかけたでござるな」

闇影が納得したとばかりにため息を漏《も》らす。

「お兄ちゃん、集中力だけはあるからね。おかしいってくらいのやりこみというか妙な技が出来たりするんだよ」

「結構思い通りにルアーが動くんだぞ？　きっとゲームだから出来る事なんじゃないか？」

何となくでやってみると上手くいく事があるので間違いないと思う。

「確かにそうですね。私も驚くくらいルアーを思った場所に入れる事が出来ますから……

フィッシングマスタリーの効果である程度できるようになるのかもしれません」

「そう言われると言い返せないでござるな」

「だからって普通はそんな事が出来るって思いもしないと思うよ」

「そう……でも、出来たら良い」

しぇりるが肯定的な意見を述べる。

そうだな、逃がした魚は大きいし悔しいもんだ。

引き継ぎでミスを解消できるなら引き継ぎを行うに越した事はない。

「でもこの方法って悪用すると大物が引っかかった時に他の釣り人が掠《かす》め取り出来ちゃうって事なんじゃないの？」

「どうなんだろうな？　それこそ検証が必要だとは思うが」

よし、大物が引っかかった！　ってところで横取りされるのは嫌だ。

「そもそも複数の釣り針が一匹の魚にかかったら、ものすごく釣りづらい状況になるだろうし……、逆にある程度の難度からはこういうやり方が当然になっていく可能性も否定できないな。硝子、今度実験してみるか」

「あ、はい……確かにやってみた方が良いかもしれないですね」

そうして後に実験し、二つの針を引っかけた場合、二人目の針はすぐに外れてしまう事がわかった。リールを巻く事に関しても同様だ。

しかもパーティーの設定をしていないと引っかける事すら出来ない。

仲間だからこそ出来る補佐的なコンボなんだろう。

狙ってそう何度も出来るもんじゃないな。タイミングもかなりシビアだ。

「紡さん、私もヌシ釣りを経験してわかりましたがこれはボス戦闘と同じですね。釣り人にとって醍醐味《だいごみ》なんですよ」

「まあお兄ちゃんの様子を見れば何となくわかってたけど、硝子さんも楽しんでいるみたいだね」

「ええ、とても有意義な経験をしました。もう少し続けていきたいですね」

硝子が釣りに興味を持ってくれて何よりだ。

「硝子殿が引き込まれてしまったでござる！」

おい闇影、なんだその表現は。そんな悪い事じゃないだろ。

「ふふふ、次はお前だぞ、闇影。紡でも良いぞ。釣りを覚えないか？」

「嫌でござる！　蟹工船《かにこうせん》で釣り技能の条件を満たせていても拙者《せっしゃ》はやらないでござる！」

「私もやりたくなーい。戦う方が好きだもん」

闇影は露骨に拒絶するなー……妹の方は最初から興味なしって感じだし……いずれこの二人にも何か釣り関連を覚えさせたい。

「じゃあ闇影はカニ籠漁《かごりょう》で良いだろ罠《わな》だし、忍者な感じだぞ」

「忍者はカニ籠漁《かごりょう》などしないでござるよ！　罠《わな》は罠で行くでござる！」

「闇ちゃん大変だね」

「なに他人事《ひとごと》なのでござるか！　絆殿は紡殿の兄でござるよ！」

「お兄ちゃんだからこそ往《い》なし方がわかってるんだよ。しつこく推してきても流せばいいだけなんだし」

まるで俺の全てをわかっているみたいな言い方をするな紡は……。

確かにそれで今までやってきた訳だから否定は出来ないけどさ。

「はは、絆の嬢ちゃん達は見てて面白れえな」

「ねー！」

「紡の勧誘を避ける術《すべ》をこっちは熟知してるけどな」

だからこそ、紡には釣りは面白いんだと理解させる時を見極めねばいけない。

何か劇的な事があれば覚えてくれるだろう。

ただ……釣り具が強い武器だからー程度の理由で釣りを覚えたりはしないだろう。

狩人なゲームで武器強化の必要素材集めとかでも俺にやってもらうような奴だし。

「お二人がそれぞれわかり合っているのが理解できますね」

「まあねーお兄ちゃんはこういう人って割り切ると便利なんだよ。お兄ちゃんにゲームキャラクターのレベル上げとかやらせておけばおんなじ場所でずっとやってくれるし」

ああ、任される事はあるな。

俺も姉と妹がやっているゲームとかを後ろで見ていたりして、レベル上げが面倒って時に手伝いをする事がある。

暇な時間にやっておけば簡単にストーリーが進むし新しい場所にも行けるしな。

レアなドロップアイテムを収集するとか俺は好きな作業だぞ？

「それもどうなんでござるか？」

「ほどほどにしねえと痛い目に遭いそうだぜ」

「本来、絆さんにやらせる作業じゃないと思うのですが……蟹工船《かにこうせん》に文句言えませんよ」

「まーそうだね。だからそんなに怒ってないのもあるかな」

双方気にしない間柄《あいだがら》じゃないと家族なんてやってられない。

「お兄ちゃんってこういう人だからね。闇ちゃんも勧誘されても流してれば良いんだよ。

硝子さんもほどほどにね」

「助言ありがとうございます。ただ、私も色々と興味が湧いただけですので気にしなくて良いですよ」

なんとも理解の深いセリフだな、硝子は。

それに引き換え、闇影と紡の付き合いの悪さだな。

しぇりるは……まあ、銛《もり》で戦う海女《あま》だし、俺とは別の方向性だから引き込む必要はない。

むしろ教えねばいけないのはアルトかもしれないな。

情報屋な側面のあるアルトが釣りをしていたら絵になるかもだし。

なんて思っていたところで、アルトから連絡が来た。

「ん？　アルトか？　どうした？」

「いやね。なんか妙な悪寒《おかん》が走ったと思ったら絆くんが脳裏を過《よ》ぎってね。ついでに経過はどうか聞いておこうかと思ったんだよ」

まあ、昨日見送った今日なんだからそこまで話す事は無い訳だけど……というか勘が良いな。

「関所の先はどうなっているんだい？」

「湿原と中継街がある感じだな。またヌシを釣ったぜ！」

と、アルトにヌシを釣り上げた事を報告する。

「ロミナくんが喜びそうな話だね。次の場所は湿原と……どちらにしても継続して調査をしてくれると助かるよ。君たちは今、ミカカゲで最も進んだ所にいるのだからね」

「興味があるならアルトも来れば良いだろ」

「僕は僕でカルミラ島の管理とか色々とあるからね。ロミナくんは遊びに行くかもしれないけどね」

「そうか……ロミナが喜びそうな場所があるかもしれないからこっちも探しておく」

ここの前の場所に炭鉱があったけど、こっちでも似たような採掘場とかあるかもしれないしな。

「アルトさん」

「何だい硝子くん」

「今までのフィールドで出てくる魔物のリストとか用意できますか？　いずれ回って行こうと思うので」

「出来るよ。そうだね。今後の事を考えると君たちもその辺りを回るのが良いかもしれない」

硝子の提案の意図を即座に察してアルトは話を受け入れたようだ。

なんだか話が早いなー……ま、既存の釣り場ではあるけど俺はまだ釣っていない魚が待っているぜ！

そんな話をしてアルトとのチャットを終えた。

「さて、紡たちに見せつけたヌシを早速解体していくとしよう」

お楽しみの時間である解体を始めるぞー。

いよいよヌシイトウの解体を行う訳だけど……かなり難度が高いな。

単純に刃が入りづらいのは元よりキレイに切るのが難しくなっている。

今の俺の解体技能じゃ失敗する可能性もあるぞ。

現にウロコ落としを少し失敗して、ウロコの部分が無駄に散ってしまった。

「お兄ちゃん大丈夫？　なんか変な感じするんだけど」

「ああ、少し失敗した」

「絆殿の解体が失敗？　相当難しいようでござるな」

「だな。絆の嬢ちゃんが失敗となると……敵の強さもそうだが、厳しめだぜ」

「そうね。そろそろちゃんとLv上げしないといけないと思うわ」

「まあ、ブルーシャークより少し難しい……ってところだ」

冷凍包丁のお陰でウロコ以外は上手《うま》く解体できてはいるのだけど、ちょっと惜しい感じだな。

そんな訳でヌシイトウの解体は多少の失敗をしたけれど終える事が出来た。

入手できた素材は魚鬼《イトウ》の鱗《うろこ》、魚鬼の口、魚鬼の心臓、魚鬼の太骨、最高級魚鬼の肉と卵という魚鬼シリーズ、それと中級王者の鱗とかが手に入った。

結構色々と解体で出てきた感じだな。

「よし、解体完了っと……これからは解体技能を上げていかないとせっかく釣り上げたヌシを無駄にしたりしてしまうかもしれないな」

「常に修練ですね」

「これで一体何が作れるか楽しみだ」

他のヌシの素材もまだあったはずだし、そろそろロミナに色々と作ってもらう時が近づいているな。

釣り具の更新もしっかり出来るならしたいね。ルアーの次は竿《さお》とかだろうか。

「さて……クエストは終わったと思うけど、これからどうする？」

アメマスは今夜の飯の分まで確保してある。

紡たちも討伐クエスト分は満たしたみたいだ。

「フィールドの探索が良いと思うよ。まだまだ行ける所があると思うし」

「まあ、無難なところだよな、湿原を含めて今回行けるようになった所を隅から隅までチェックするか」

「フィールドボスとかもっと出てこないかな」

「初見で倒せるのか？　敵が結構強くなってきてると思うが……」

「この面子《メンツ》なら負けねえとは思うけど結構消耗するだろうぜ」

大人数で倒す事を前提としたフィールドボスとの戦闘とかだと紡と闇影、硝子がいてもきつい時はきついだろう。

「お兄ちゃん達じゃ取り返しがつかなくても私たち懲《こ》りずに行けるし」

スピリットはその性質上、下手《へた》にやられたら損失分を取り返すのに苦労する。

だからこそ戦闘不能……ゲーム内の死は極力避けた方が良い。

まあ……結構ゲームシステムに慣れてきているから全損失しても遅れを取り戻すやり方は何となくわかるけどさ。

エネルギー回復力向上を上げられるだけ上げるようにすれば復帰に致命的な後《おく》れは取らずに済む。熟練度とかがリセットされる訳でもないし、装備も条件を満たしたら装備すれば良い。

硝子と初めて会った頃とは結構、勝手が変わってきている。

それでも……紡たちに比べたら時間が掛かるのは事実か。

「とにかく色々と巡って行こ！　手に入れた騎乗ペットがあるから楽だし！」

「まあ……そうだな」

俺も大きなウサギに片手で担がれている訳だしなー……割とファンシーなスタイルだ。

「ですね。色々と楽しみましょう！」

って事で俺たちはクエストを達成したその足でフィールド探索へと出かけた。

湿原を道なりに進んでいく……やはりというか結構広いなこの湿原、途中で分かれ道とかあって網羅するのは中々時間が掛かりそうだ。

ただ、湿原の所々に出口もあるようで陸地というか中継街へと続く森や草原なんかもある。

「いつの間にか湿原じゃなくて山みたいな所に来たな」

中継街が見える湿原に入らなくても行ける今回行けるようになった範囲の端っぽい場所の小さめの草原になんか見えたのでみんなで立ち寄る。

するとそこには神社っぽい建物と鳥居があった。

「休憩所でしょうか？」

「いや……なんか違う感じだぞ？」

神社の賽銭箱《さいせんばこ》を置く所に丸い穴みたいなものが渦巻いている。

で、穴の横にはＮＰＣが立っている。

「なんだろー」

紡が穴の横のＮＰＣに近づいて声を掛ける。

「神社……拙者《せっしゃ》と似合いそうでござるな」

「硝子も似合うだろうな」

忍者と着物少女が神社な場所にいても違和感ないだろ。

「お参りとかしておいた方が良さそうですよね」

「まあ……神様に祈っておけば何か良い事とかあるかもな」

「それで紡さん、ここは一体どんな場所なんですか？」

「えっとね、どうもインスタンスダンジョンみたいだよ」

「こんな所にもあるのか」

「こりゃあ人が集まりそうな所だぜ、覚えといても悪くはないかもしれねえな」

「うん。なんでもミカカゲ無限迷宮ってダンジョンらしいよ。入る際に脱出用のアイテム、改造植物のロウソクが渡されるからそれを使って潜っていくみたい。失《な》くしたら出れなくなるから注意って言ってたけど捨てられない代物なんじゃないかな？　有料で入場券的なものが必要みたい」

これでダンジョンか……正月に参拝に行くとかのイベントは無さそうだ。

「で、NPCの話だと底の無い延々と続く迷宮なんだって、結構細かく説明してくれたよ。途中から聞き流したけど」

「ほー……早速潜るのか？」

「硝子さんどうする？」

「今はここを覚えておいて他にも何かあるか調べるのはどうですか？　まだこの辺りを調べ終えてませんよ」

新しいダンジョンへの突入前に他に何かあるのかの調査が優先……それも良いね。

「それもそうだね。地上の魔物がまだ歯ごたえあるし、ダンジョンは明日でも良いもんね」

まずは探索を優先か……確かに新しい場所では何があるのかを全部回ってから方針を決

めた方が効率的だよなー。今日の目的は探索な訳だし。

「それじゃあ場所は覚えたので次に行きましょうか」

「おう。次はどこに行ってみる？」

「妙に傾斜角度の急な山や不自然に生い茂ってる森とかは侵入不可エリアだからそこをなぞるように壁伝いだね。こっち」

紡が指さしたのは森っぽい所にある道の先だ。

道を辿《たど》ると道中出てくる魔物……ハミングイーグルって魔物は紡と硝子、闇影のお陰で難なく倒せた。

そうして進んでいくと……今度は洞窟らしき所に出る。

あ、ＮＰＣが何名かいる。しかもツルハシとか持ってるＮＰＣだ。

覚えがあるぞ……この配置。

「採掘場だね。やった！　ここではどんな宝石が採れるかしら？」

「てりす、採掘はほどほどにしろよ」

「えー良いじゃないのー」

「ロミナ殿が喜ぶでござるな」

「後で報告するのが良いだろうな」

「そういえば町のクエストに採掘場に関するものがあったような気がするよ。確かここの採掘場に魔物がいる区画があるんだって」

「倒してくださいってやつか？」

採掘場に出現する魔物を倒す事で採掘場が使えるようになるとかそういった類《たぐい》のシステム。

「そうなんだけど、それ以外に機械系のレシピをドロップ的な話が混じってた」

「ん」

しぇりるが挙手する。

ああ……マシーナリー、機械系の技能を習得しているもんな。気になるか……。

「レシピのドロップもあるのか」

「みたいだね。しぇりるさんのためにもここは潜ると良いかもね。ドロップとか狙ってみると良いかも」

「何が手に入るか楽しみでござるな」

「先ほどのダンジョンよりこっちを優先した方が今後の事を考えると良さそうです」

「まあね。他にもこの近隣の魔物やボスのドロップとかも気になるし、やれる事は沢山あるから楽しみだね」

まだ見ぬ強敵とドロップに期待してマップを埋めていこうと俺たちは採掘場を通り抜けて周囲の探索を続ける事にした。

わかった事は湿原、神社、採掘場、次の関所が目立つ場所でそれ以外は魔物のいるフィールドって感じのようだ。

ボスなども探せばいるとは思うけれど今回は軽く回った感じだな。

倒した雑魚《ざこ》魔物も一応解体したぞ。

手に入るエネルギーから逆算するとカルミラ島のインスタンスダンジョンの最下層の魔物とかよりも多く入るようだ。

なんて感じでフィールドをぶらぶらしていたら日が傾いてきた。

「周辺の探索はこんな感じかな？　大体地形は把握したね」

「そうだな」

騎乗ペットのお陰もあってそこそこ広い範囲なのに回り切れた。

「とりあえずクエスト達成の報告をしに町に戻りましょう」

「ご飯にしようよー」

「はいはい。今日は釣ったアメマスを料理しないとな」

「楽しみ楽しみーお兄ちゃん達、何を作る予定？」

「作れそうなのだとムニエルだな。他にも作れなくはないが制作時間が掛かる」

設定しておけば作れなくはないがいきなり完成品が出来上がる代物ではないっぽい。

干物とかの類は少し作成に時間が掛かる。

アメマスの一夜干しを作るにしても完成するのは明日になる。

「ムニエルかー楽しみだなー」

「後はなめろうあたりかしらね」

川魚の場合、刺身よりも難度の低い料理だ。

味噌《みそ》とショウガや玉ねぎとか香りの強い食材を組み合わせて作る。

「なめろー！　ご飯が進むね！　ただ魚ばっかりだね！」

「今夜はこのくらいだな。魚料理の他に……から揚げも作ってやる」

「わーい！」

食いしん坊な妹がテンション高めに声を上げる。

「贅沢《ぜいたく》ばかりしているでござるが、今夜の料理も楽しみでござる」

「そう」

「ふふ……私たちが釣った魚ですから皆さん楽しみにしていてくださいね」

今日は色々と釣ったからな。料理技能を上げているお陰で色々と作れる料理は多い。

刺身ばかりが魚料理じゃないぞ。煮付けだってなんだって出来るんだからな。

二話　カエルのから揚げ

そうして中継街に戻った俺たちは宿に泊まり、調理場をレンタルして早速料理をする。

まず言うまでもなくアメマスのムニエルだな。

今回はアメマスを調理する際に出たレシピでムニエルの作成を優先して行った。

はじめにアメマスを解体してアメマスの切り身にする。料理よりも解体の方が楽に出来るな。

そこに小麦粉と塩コショウをまぶしてバターを入れたフライパンで焼く。

適度なタイミングでひっくり返しながら良い感じに火が入ったのを焼き目で確認。

こんがりきつね色になるまで焼いて取り出せば完成。

これを人数分作成して、なめろうも今日釣ったクエストの余りの魚で作る。

味噌とショウガと玉ねぎを持ってないと作れないけどそのあたり、俺に抜かりはない。

アルトに頼んで材料の補充は常にしているぞ。

もはや遭難したって料理の調味料は尽きさせない。

「絆ちゃん、ドジョウ鍋が出来たわよ」

「了解。こっちもなめろうが出来た」

料理系の専門は大変だ……俺も技能的に結構ギリギリだなぁ。あまり手を出しすぎるのも器用貧乏になるしほどほどにすべきなんだろうか。

後は……。

「フフフ、絆ちゃんも挑戦者ね」

「何も言わずに連携に参加してきたてりすが文句を言う資格は無いぞ」

「てりすは平気だもん。じゃあみんなを呼びましょう」

「うん。よーし出来たぞー！」

「もう出来たのー？」

そんなこんなで出来上がった料理を皆に振る舞う。

ああ、当然ながら炊《た》いてあるぞ。

「鍋もあるんですね」

「ペックルが釣り上げたドジョウを使ったドジョウ鍋だ」

「アメマスのムニエルにーなめろうもある！　あ、お兄ちゃんの言った通り、から揚げもあるね！　から揚げ先にいただきー」

「あ、紡殿！　そのから揚げは！」

っと闇影や硝子が注意するよりも早く紡はから揚げをつまみ食いする。

「ん？　どうしたの？　結構おいしいよ？」

「そ、そうでござるか……違和感はないでござる？」

「う、うん……ないけどー……」

っと、紡は自身がつまみ食いをしたから揚げがなんであるのかと今更になって確認する。

「ちょっとお兄ちゃん！　てりすさん！」

「つまみ食いしたお前が悪い」

「紡ちゃんが飛びつく美味《おい》しさね！」

「確かに紡さんの行儀が悪かったのは事実ですね。ただ絆さん達もどうかと思います」

「鶏肉に似てるって聞いたし、解体した素材で料理できたから作っただけだよ」

今回作ったから揚げはしっかりとシステム欄で確認すると名前がわかる。

その名もジャイアントパープルトードのから揚げだ。

見た目の細工は出来て、肉部分だけでから揚げにした。骨は外してある。

「確認すればわかるのに迷わず手を伸ばしたのが悪い」

「全然気付かなかったよ！」

「……」

しぇりるが恐る恐る手を伸ばしてから揚げを頬張《ほおば》る。

それから黙々と咀嚼《そしゃく》していた。

「……気にしなければ食べれる」

「好き好んで食べようとは思わないでござるが……」

「水棲系《すいせいけい》にダメージアップが付く。戦闘前に食べるのも良い」

「こういうゲテモノ枠って優秀な効果が付いてるところがいやらしいぜ」

「同意でござる」

ちなみにアメマスのソテーは食べるとHP上限が一時的に増える効果がある。

スピリットの場合、マナの生成にボーナスが掛かるぞ。

粗食も良いが料理はしっかり食べた方が結果的には良さそうだ。

一定量食べると永続的に攻撃力がプラス1とか細かい実績みたいなのもある。

料理も奥が深い。もっと専門的な料理人に作ってもらうのも良いかもしれない。

俺が料理をしない場合のカルミラ島とかだと料理店に金を払って食材を持ち込んで作ってもらうんだけどさ。

「別に食べたらお腹《なか》をこわす訳ではないですし、紡さんが証明したので食べましょうよ」

「むしろみんな食べなきゃ嫌だよ！」

「絆殿たちはから揚げを多めに食べるでござるよ」

「美味《おい》しいわよー」

「てりすはもう少し恥じらいを覚えてほしいぜ」

「勝手に食ったくせに被害者面《づら》するなよ……まったく」

「それじゃあ、いただきましょう」

「いただきまーす」

って感じで料理を囲んでみんなで食べ始めた。

メインのアメマスのソテーを箸で裂いて一口大にして口に入れる。

ふむ……なるほど、闇影が言っていた通り、焼いた時の感覚もそうだけど鮭と似ている。

ちょっと水っぽい感じがするが……ソテーにしているお陰かそこまで気にならないな。

しかも連携して作ったので品質もかなり良い。

「拙者《せっしゃ》の知るアメマス料理より味が良いでござる。鮭と区別が難しいでござるな」

「鮭は食べた事がありますが……わからないですね」

「サーモン……？　違いがわからない」

しぇりるが首を傾《かし》げて食べている。品質が高い影響か。質を下げればわかるかもな。

「ウナギやカニも良かったけど、これはこれで美味しいね。お兄ちゃん！」

「鮭との違いが品質を上げた所為《せい》でわからないな」

「連携なしで作れば良いんじゃない？」

と食べながら分析を行う。

「絆殿はやはり凝り性《しょう》なのでござるなー鮭との違いが本当にわからないでござる」

「そうだね。お兄《こ》ちゃん達、釣りより料理を専門にしたら？」

「それは出来ない話だな」

料理はあくまで釣った魚の処理と腹を満たす手段であって、このゲームで俺は釣りをメインにすると決めているんだ。

あまりキョロキョロとしているとどっちつかずになりかねないしな。

「昼間の釣りを知ると絆さんの気持ちもある程度わかりますよ。しぇりるさんもわかりますよね」

「ん」

コクリとしぇりるは頷《うなず》いた。どうやら昨日の鬱憤《うっぷん》は晴らせたっぽいのかな？

で、次はから揚げの試食っと。

カエルのから揚げを口に放り込む。もちろん食事効果は水棲系《すいせいけい》ダメージアップだ。

湿原の魔物と戦闘をする場合はお弁当にこれを作るのが良いかもしれない。

口に入れて感じるのは……から揚げ独特の風味だな。

それから噛《か》み締めた時の肉の食感……鶏肉に似てると言われるが確かに殆《ほとん》ど同じ……いや、弾力が強いか？

まあ魔物な訳だし、活発に動いて歯ごたえの良い肉となっているのかもしれない。

結構から揚げとしての味は良いんじゃないだろうか？

ゲテモノと侮《あなど》るなかれって味だな。

「味は悪くないな」

「そうなんだけどさー気持ち的な問題っていうかさー」

「あ、確かに美味《おい》しいですね。魔物の肉も料理に使えるのですね」

硝子も評価する。

「今度魔物の肉料理を揃《そろ》えてみるか？」

「やってる人多いわよー」

「せめて普通に釣った魚で料理してほしいでござるよ」

「そうだねー最悪お兄ちゃん釣り場がないからって適当な所でルアーを置いてネズミ釣りとかして私たちに出しそうだし」

「お前は一体俺を何だと思ってんだ」

ネズミ肉をみんなに食わせるような思考をしてると言いたいのか？

人を異常者みたいな扱いして。

「あり得ない話ではないでござるよ」

「……」

闇影としぇりるの反応が冷たい。

「釣りにハマりすぎてやりそうだぜ」

「ねー」

俺は異常者じゃないぞ！

「まあまあ、絆さんも雑草でスープを作ったりしないのですから贅沢《ぜいたく》を言ってはいけないですよ」

「でも硝子さん、私たち一応領地持ちなのに魔物の肉を食べてるんだよ？　ちょっとおかしいと思わないの？」

「ゲームとはいえ、命を無駄にしないようにする精神は大切だと思いますよ。昔の殿様も猟で得た獲物を領民に配ったなんて話もありますし」

「硝子さんもなんかずれてる」

「ジビエ料理という発想があるでござるから……あながち間違いではないでござる。もしかしたらとびきり美味《おい》しい魔物肉があっても不思議ではないでござるよ」

「そもそも河童肉で鍋を食った俺たちが今更カエルのから揚げに文句を言ってどうするんだ」

「あの時はすっぽん鍋って感覚で食べてたから気にならなかったのにー」

紡もカエル肉には妙に反応するな。

「はあ……もういいよ。気にせず食べる事にするー」

そう言って紡はパクパクと料理を食べ始めた。

「好き嫌いしないのは良いですね」

硝子が微笑《ほほえ》ましいといった感じで紡を見た後、なぜか俺の方を見る。

「ただ……ネズミ肉での料理はやめてくださいね」

「わかってるよ。そもそも食えない料理になりそうでしょ」

こう……ありそうじゃないか。食べると状態異常を引き起こす料理とか。

フグとかまだ釣った事ないけど上手《うま》く捌《さば》けないと毒で死ぬ料理になりそうじゃないか。

「本当、新しい発見でいっぱいだなー」

ゲームを始めて最初は第一都市に随分と長いことといたし、そこで儲《もう》けてしぇりるから小舟を買って海での釣り……そして新しい釣り場を求めて第二都市の方へ行く途中で硝子と出会って今までの出来事が続いている。

仮にあそこで硝子と会わずに第二都市に行っていたら……きっと第二都市でずっと釣りをしながら適当に釣り場巡りをしたりして、今とは全く違う生活をしているはずだ。

「絆さん達が色々と気を使ってくださるからこうして食事と冒険を楽しめるんですよ」

「このゲームだとお兄ちゃん周りにいれば飽きないのは間違いないねー」

「色々と出来事が多すぎるでござるよ」

「……そう。でも、楽しめてる」

「そう言ってもらえると嬉《うれ》しい限りだよ」

なんてみんなに言われつつ夕食時間は過ぎていった。

こうして食事を終えた俺たちは各自、自由行動をする事になった。

硝子と紡はロミナとアルトに本日の探索結果を報告するらしい。

らるくとてりすはクエスト探しに出かけていったぞ。

俺は硝子が気を使わないようにそっと外出し、自身で対処できる範囲の湿原に戻って夜釣りを行う。

やはり釣りといったら夜釣りも大事だよな。

規則正しい生活では釣りを満足に楽しめなどしない。

ランプを片手に釣り場を見繕《みつくろ》って釣竿《つりざお》を垂らす。

今回はカニ籠《かご》を設置した湿原入り口周辺での釣りだ。

釣りの仕掛けを変えて今回は素直に針で釣るぞ。ルアー釣りはその性質から釣れる魚も決まっているかもしれないので、今度は小物とかも狙う。

と、釣竿を垂らして引っかかるのは言うまでもなく空き缶、それとタイヤと長靴……単純にアイテム名のゴミも釣れる。

「お」

ボーンフィッシュが引っかかった。

しかし……一人夜釣りとしゃれこんでいる訳だけど……。

「……」

「釣り中ペン」

騎乗ペットやペックルがいると寂しさが軽減してしまうのは悲しいな。

ブレイブペックルは帰還させた。

あまり長いこと使ってるとストレスゲージが溜《た》まって休眠するからな。

でだ……ランプを地面に置いて光源にしているのだが、騎乗ペットのライブラリ・ラビットを見上げると光の当たり方の関係で若干ホラーチックだ。

夜にいきなり遭遇したらびっくりしそう。

移動に便利だから出してるんだけどさ……ふと考えたがヌシって一つの釣り場に一種類だけなのだろうか？

少々怖いが今度カルミラ島の水族館で新しい情報が追加されていないか確認するとしよう。

「フィッシュ！」

魚がかかったので釣り上げる。

ウグイが釣れた。他にタナゴ……やっぱり仕掛けを変えるだけでも釣れる魚は変わるなあ……テナガエビなんてのも釣れた。

硝子が言ってた今までの狩場を巡る話だけど今まで行った釣り場に再度行くのも良さそうだ。

そもそもホイホイとヌシが簡単にかかってくれている訳でもないし……ウナギにしろイトウにしろ、運が良すぎたな。

……そういえばフィーバールアーを使ってなかったっけ。

どうしたもんかな……ここで変に使って河童みたいな妙な大物を釣り上げたらシャレにならなそうだからやめておくか。

しかしエビか……カニ籠漁《かごりょう》のついでに引っかかる事がある。

エビフライとか作れば紡と闇影あたりは喜びそうだな。

思えば結構な種類の魚が引っかかっている訳だし、今度は寿司も良いな。

川魚じゃおすすめ出来ないけど海の魚をまた釣ったら寿司を作るとしよう。

「フィッシュ」

ジャイアントパープルトードが釣れた。

ここでも釣れるのか……で、カニ籠をチェックするとビッグスラッグの小さいのがかかっていた。

釣り再開……針に何かがかかる感覚。

「フィッシュ！」

グイっと竿を上げると魚影からボーンフィッシュと確認。

そう思ったところで青白い魚影がボーンフィッシュに突撃して竿のしなりが強まった。

「うお！　フィッシングコンボか！」

また大物か⁉　ともかくやるしかない！　っと力を込めて電気ショックを発動させながらリールを巻き取る。

すると思いの外《ほか》あっさりと魚が釣れた。

コンボが発生してもヌシとか大物が引っかかる訳じゃないんだったっけ……。

で、魚を確認すると……ゴーストフィッシュ。魚の幽霊さんでした。

まあ……ソウルイーターも魚だったもんなー。

って感じでゴーストフィッシュを掴《つか》むとブニョッと……スライム系を掴むような手触《てざわ》り。

いや、もう少し水っぽいというか手ごたえがない。

辛うじて引っかかってる感じだ。実体がない的な感じなんだろうか？

ボーンフィッシュは解体するまでもなく骨だけど……ゴーストフィッシュは解体できるよな。幽霊になってまで捌《さば》かれるってなんか哀《あわ》れだとは思うけど何事も経験だ。

って事で夜が更けるまで釣りをしてから釣った魚をそれぞれ解体する。下処理ともいうかもしれない。

ウロコに骨、身っと……もう慣れたもんだなー。

あ、アメマスの一夜干しの設置は済んでいるから明日の朝食はそれで良いな。

「今夜はこんなところにしておくか……」

明日も硝子たちと何かするだろうから早めに切り上げるとしよう。

そうして宿に戻る。

自由行動だったので硝子や紡はもう寝てるだろう。

闇影は寝るのが早いので気にするまでもない。闇を愛するくせに俺たちといると寝るのが早いのは実に不思議だ。

なんて思いながら部屋に戻ろうと宿の廊下を歩いていると……しぇりるが歩いてきた。

「あ、絆……夜釣り?」

「ああ、しぇりるはまだ起きていたのか」

「ん……」

寝つきが悪いとかこのゲームでは存在しないのでしぇりるも何かしらの理由でこんな時間まで起きていたのだろう。

「硝子たちが心配するから夜に魔物退治とかはやめておいた方が良いぞ?」

俺の場合は日課みたいなもんだから硝子たちも諦《あきら》めているだろう。

するとしぇりるはブンブンと頭を横に振る。

「技能上げ」

そう言ってしぇりるはスパナを見せてきた。

「ああ、マシーナリーの練習か」

「そう、それと木工」

しぇりるって一応、海女《あま》であり船大工だからな。

マシーナリーは船の装備作りの関係で覚えたがっていたんだろうし。

「何か良いもの作れそうか？」

「うん」

コクリと頷《うなず》く。

「明日、ロミナ来る。鉱山掘りするって言ってた」

「明日の予定が決まったのね。俺には連絡なかったな」

「シスター紡が絆はどこかに釣りに行ったんだろうから余計なタイミングでチャット送ると困るだろうって硝子に言って連絡しなかった」

まあ……集中している時にチャットが来ても無視している可能性はかなり高いなー。

「仮に夜遅くまで釣りして疲れていたら絆には休んでもらって良いだろうって」

「いや、明日はついていくさ。ロミナが来るなら手伝いも出来るし」

一応釣りの欲求は解消できている。

今日は硝子も一緒に釣りをしてくれた訳だし、付き合わないのは悪い。

色々と手広くやった方が楽しめるもんな。

「そんでしぇりるは技能上げに何か作ったそうだけど、なんか良さそうなものを作ったりしたのか？」

「うん」

しぇりるは頷《うなず》いて俺にチェーンソーを取り出して見せる。

「伐採に使える。まだ基礎」

「あー……そうか」

機械系の武器の入り口だろうか？　マシーナリーでその手の武器が出来るのか、それともロミナにここから強化してもらって完成させるのかはわからないけど難度の高い代物なんだろう。

「森……木が取れそうだったから性能が高いのを作ろうと思ってる。その技能上げ」

「良いんじゃないか？」

「そう。もう少しやってから寝る」

「そうか……ほどほどにな」

「絆みたいに頑張る」

「俺みたいに？」

「そう」

と頷いてしぇりるは行ってしまった。

俺みたいにってどういう事だ？

なんて小首を傾《かし》げながら俺は部屋に戻り釣り具の整頓《せいとん》をしてから眠ったのだった。

三話　化石

　翌日、アメマスの一夜干しをみんなに出したところ、味が濃くなって美味《おい》しかったとの評価が得られた。てりすと連携技で作ると鮭との違いがわからないとの事なので単独で作って味比べもしたぞ。

　その後はしぇりるから聞いていた通りロミナが合流するとの事で、俺たちは一旦ロミナを迎えに行ってから湿原へと戻ってきた。

　現在、俺たちは鉱山の前に集まっている。

　ロミナはツルハシを担いで炭鉱夫をする気の様子で立っている。

「君たちも私に付き合わず好きに行動していて良いのだが、本当に良いのかい？」

「大丈夫だよ。色々と素材を集めてロミナさんに良い装備作ってもらいたいからね」

「そうでござる」

「いつも助けてもらっているからこういう時くらい、手伝うさ」

「そう……」

　みんな割と付き合い良いよなー。

「とはいえ私と硝子さんと闇ちゃん、らるくさんは鉱山の魔物が出てくる区画の調査をする予定だよ」

　俺は当然ながら戦闘する方は辞退して今回は採掘班になった。

　ハンドドリルを出してギュイインと動かす。

「ドリル！」

「ドリル！」

　紡もドリルを持って合わせて叫ぶ。

「絆殿たちのそのギャグもお約束でござるな」

「ですね。こちらも得られるものや採掘できる所があったら掘ってきますね」

「てりすはツルハシ派なのよねー掘ってるって感じで好きなのよ」

「効率はドリルじゃねえの？」

「それを言ったら最終的にダイナマイトになるっての」

　なんかてりすにもこだわりがあるっぽくてらるくの指摘を極論で返した。

「物資が大々的に欲しいところだったからね。採れるものは出来る限り取ってきてほしい。島の設備などのパワーアップにも使える代物があるはずだ」

「カルミラ島で採れるもの以外でも拡張可能なんだな」

「そのようだよ。アルトくんから聞いて私も確認はしっかりしておいた」

死の商人の虚言に騙《だま》されず確認はしていると。

「船……強化に使うのわかる」

このあたりはしぇりるが詳しいから間違いは無いか。

「てりすも細工に使うし手伝うわよー！」

「じゃあ人海戦術で行きますか。ペックルも召喚して良いんだよな」

「もちろん。アルトくんには言ってあるよ」

それなら問題ない。

「ロミナさん、お兄ちゃんに何か鉱石掘りで夢中にさせられるような事ない？　上手《うま》くハマればお兄ちゃんならずーっとやっててくれると思うよ。たぶん、ゲーム開始時に釣りじゃなくて鉱石掘りに関心があったらゲーム終了までやってるだろうし」

「おま……」

なんて事を提案しやがる。

「絆くんの根気に関しては人並み以上なのは知っているよ。何か気に入った要素があれば良いとは思うがね」

「あんまり夢中になりすぎるのも極端すぎて困るのですけどね」

「絆殿の集中力は参考にすべきか非常に悩ましいでござる」

「……そう」

「それって褒めてるの？　それとも呆《あき》れてるの？」

「どっちもだよ、お兄ちゃん」

まったく、失礼な……俺だって付き合いくらいするぞ。

「ここの鉱山にも地底湖みたいなのがあるかな？」

「あったらまた泊まりで釣りするでござるか？」

「カルミラ島みたいな時間操作がある訳じゃないだろうからなー……さすがにそこまで粘りはしないぞ」

俺だって節度くらいは守るわい。

「あったら教えますけどほどほどにしてくださいね」

「ほーい」

って感じで俺たちは鉱山に入り、二組に分かれて鉱石掘りを行う事にした。

ペックル達も呼び出して鉱山内で採掘だ。

ドリルでギュイイイインッと掘れるポイントに向かって採掘を行う。

なんだろう。渋い顔というか重労働をしているような濃ゆい顔つきをしたくなるなー。

ゴロッと出てきた鉱石を拾って収納しては採掘を続ける。

魔法鉄鉱石に宝石類の原石、火石なる属性装備の材料などゴロゴロ出てくるぞ。

もちろん品質の良しあしなんかもあって素材に拘《こだわ》りだしたらキリが無さそう。

「ドリル！」

「たまにはこういう作業もして、いかない、とね！」

ロミナがガツッとツルハシで採掘ポイントを砕いていく。

ドリルはドリルで優秀だけどツルハシも負けない代物らしい。

「どっせえええええい！」

なんかてりすの方からイメージにそぐわない掛け声がする。

そっちに顔を向けるとロミナに気にしてやるなって顔をされたぞ。

「絆くんはどんどん掘り進めてくれて結構だ」

「シールドエネルギーが赤字になりすぎない範囲でやるよ」

定期的に回復するのを確認しながら無理のない範囲での採掘を俺もしている。

そうして掘り進んでいくと……ゴロッとなんか見慣れない鉱石というか塊が出てきた。

「なんだ？」

「ジオード？」

ジオード……晶洞《しょうどう》という、鉱石類の鑑定が必要なアイテムの名前だ。

ロミナは鍛冶師《かじし》だからジオードの鑑定が出来る。もちろんジオードの中にはロミナの望んだ代物とかが入っていたりする。

だが、俺が見つけたのはジオードとは異なる岩の塊だ。

「なんだこれ？」

何かの化石？　と記された塊が出てきた。

「ああ、化石の塊だね。ここでも出てくるんだ」

「化石なんてあるんだ」

こういう代物もあるんだなー。

「そのようだね。ちなみに他にも発掘品と呼ばれる代物が出てくる事が確認されているよ。ほら、タイミングよく出てきた」

そう言ってロミナは俺にポイッと小さな金色の飛行機みたいなものを投げ渡してくる。

黄金スペースシャトル。

という名前の……なんだこれ？　何かのアイテムなのか？

なんか仰々《ぎょうぎょう》しく古代遺跡から発掘される飛行機を模《も》したものと思われる金で造られた細工品などと説明テキストには記されている。

「これって？」

「鉱山で稀《まれ》に見つかる代物で発掘品という類《たぐい》の品だよ。アルトくんが最初にこれを見た時は目を輝かせてオーパーツだ！　と喜んで説明してくれたんだけどね。コロンビアだったかで見つかったって話だったかな」

「なんか高そうな感じだけど……」

「残念ながら……結構な数が産出される、ただの収集アイテムさ。掘っていると他に水晶ドクロとか土偶《どぐう》とかが稀《まれ》に見つかる」

「そんなのあったのか……前に採掘に行った時には見かけなかった」

「たまたま見つからなかったんだろうさ。ちなみに水晶ドクロもそうだけど鉱石としての使い道があるから不要ってほどではないよ。そのスペースシャトルも溶かして金に出来る訳だしね。アルトくんが切なそうな顔をするけど」

アルト……お前ってドクロ好きなのか？　幽霊船で怯《おび》えていたくせに。

いや、オーパーツは金目のものという認識からタダの収集アイテムと判断して残念がっていただけの可能性も高いな。

「で……この化石の方はどうなんだ？」

「一定数集めると装備に出来るよ。化石装備という類《たぐい》の装備品になるね。絆くんが解体して得られる骨などから作れる骨装備の上位装備に該当する。性能については期待できると思うよ」

「……」

なんかアルトの気分がわかったような気がしてきた。

このゲームってこういうロマン系な代物なのに実用性重視で処理してしまうところがあるのかもしれない。

いや、ロミナが悪い訳じゃない。

ロミナは鍛冶《かじ》職人だから装備品に加工できると言いたいだけなんだろう。

「化石なんだからこう……掘り出して何の化石かとか切り分けたり出来ない訳？」

「そういう使い方も出来るかもしれないね。余計な部分を削《けず》って何の化石かを見極めればより上位の化石装備も出来るかもしれない」

装備から離れてほしいんだけどな……とは思うがあまり強く言わないでおくか。

化石の余計な部分を取ってわかりやすくクリーニングするというのは興味がある。

そう思って化石を見ると……あ、解体部位がわかる。

「解体技能に反応がある」

「ほう……掘削《くっさく》あたりの技能かと思ったけど違うようだね」

「そっちでも出来るんじゃないかな？　あくまでシナジー効果的な感じだと思う。けど……たぶん難度はそこそこ高めだな」

鉱石類の硬い所と柔らかい所を見極めるのに近い。

解体の効果が働くとしても反映する値はそんなに高くないと感じる。

俺はドリルを使って遊んでいたから掘削系も多少割り振る事が出来るし、今日の採掘のためにそこそこ振って効率化を図っているからこそ、化石のクリーニングに挑戦できるんだろう。カルミラ島で覚えた技能がここで役に立つな。

で、クリーニングに必要な機材を見繕《みつくろ》う。

ドリルがあればある程度はどうにか出来そうだけど……小さめのドリルも欲しいな。

「なに？　何かあったのー？」

謎の掛け声を出していたてりすが近づいてきた。

「化石のクリーニングに絆くんが興味を持ってね」

「なるほど、でも道具がないと結構難しいわよ」

「しぇりる、小さいドリルとか無いか？」

「……」

スッとしぇりるが俺にハンドドリルよりも小さい歯医者とかで使いそうな小さめのドリルを差し出してきた。

「サンキュー」

小さめのドリルを受け取り、化石のクリーニング作業を行う。

まずは大きめのドリルでゴリゴリと削り落とす。

ボロボロと化石が徐々に削られていき、狙ったラインでこそげ落としていく。

出来れば中身をスキャンする方が良いけど……そこは解体の勘的な補佐で誤魔化《ごまか》すとしよう。

「……絆くんが集中し始めているね。私たちは私たちで採掘をしよう」

「そう」

「絆ちゃん。結構器用ね。困ったら教えてあげるわよー」

ロミナ達は化石のクリーニングに夢中になった俺に気を使って発掘作業に戻っていった。

パッパと引っ付いた土を払い、コンコンと冷凍包丁の柄《え》で叩《たた》いて細かく削って……まだ薄皮みたいに硬い石が混ざっている……。

小さめのドリルで輪郭がわかるように化石を削っていくと……あ、削りすぎた！　けど失敗には辛うじてなっていない！　諦《あきら》めずにクリーニングを続行！

「よーし出来たー！」

やがて俺はクリーニングを終えると、化石がキラッと光った。

何が出てきたのかというと、魚の骨の輪郭がはっきり出てきたのだ。

少し失敗した所為《せい》で尾びれの部分が無くなっているけど、魚であるのは一目でわかるようになったぞ！　何かの化石が……魚の化石に変わった！

「終わったのかい？」

「ああ！　魚の化石に変わった！」

「ほー……こうしてわかる形にすると名前も変わるようだね。このまま家具として設置できそうじゃないか」

「インテリアに良さそうね」

マイホームの調度品に使えそうだなぁ……とは俺も思った。

魚の化石とはなんとも釣り人の俺にとってふさわしい事か。

しかもなかなかクリーニング作業は楽しかったぞ。

「ところでこの魚は何の魚なんだろうね？」

「フォッシルボーンフィッシュ」

「しぇりる、それまんま化石ボーンフィッシュじゃないか。違うだろ。これはリコプテラって魚の化石だ」

「わかるのかい？」

「俺は釣り人だぞ」

フィッシングマスタリーを取得しているお陰で魚に関しちゃ大体名前がわかってきた。

魚の化石でもそこはある程度適応するんだろう。

アロワナの仲間みたいな魚のようだな。

魚の化石の名前がリコプテラの化石へと変わる。

どうやら鑑定が発動したようだ。アルトだと虫眼鏡とか使わないといけないけど、こういったマスタリー所持でも作動するんだな。

「魚なら絆くんがわからないはずもないか」

「当然」

「そう……」

「わかっちゃうのが凄《すご》いわね」

「ちょっと見せてくれないかい？」

「ああ」

俺はリコプテラの化石をロミナに手渡す。

「ふむ……お？　この化石で絆くんの下級エンシェントドレスを普通のエンシェントドレスにする材料に出来そうだ。数が10個ほど必要だが」

俺の装備品のパワーアップが出来る？

エンシェントドレスは古代魚、シーラカンスの素材で作られた装備でロミナが作ろうと思って難度の高さからギリギリ出来上がった品だった。

ある意味、形にはなったが品質が悪い……なので下級と付いてしまったのを普通に繰り上げる事が出来るのか。

「ほー……なら集めるのも悪くないかもしれないな」

性能はかなり高い装備品なんだ。今も見た目の関係で装備しているし……ただ、性能だけで言えば河童の着ぐるみの方が高くなってしまっているだけで……。

「これでエンシェントドレス作れそう？」

「ああ、50個ほどこの化石があると作れる上位の化石装備だね。むしろこれが正しい作成ルートなのだろうさ」

ここに来てエンシェントドレスの正しい作成ルートの開示である。

かなり限定された条件じゃないか？

「新発見……って事なのか？　化石っていつ頃から見つかるようになった訳？」

「この前の波が終わってからよ」

「生憎《あいにく》、カルミラ島以降の採掘場じゃないと出ないと聞くね」

なるほどなー……条件としては間違っていない訳ね。

ただ……採掘技能を持っていてツルハシじゃなくドリルやハンマーを使えて、完成した化石を鑑定しないといけないと考えるとかなり条件が面倒くさいな。

解体と同じく情報が出回るのに時間が掛かりそうな案件だ。

「ともかく、絆くんが良ければ素材が揃《そろ》えばそのドレスの性能アップを行うよ」

「中々楽しめそうだ」

魚の化石が掘り出せたってところから釣りとは関係ない採掘にもなんだか楽しみが見出せそうな気がしてきた。

ロミナには日々色々と助けてもらっているからその礼として付き合っていたけど、装備強化とは別の意味でやる気が出てきた気がする。

「よーし！　どんどん化石を掘り出すぞー！」

「やる気になってくれて嬉《うれ》しいとは思うが、絆くんの場合は化石がメインで採掘がオマケになっているのがわかるね」

「そう」

「てりすは宝石がメインで化石がついでよ。だから化石が出たら絆ちゃんにあげるわね」

「こういう楽しみが無くてはやる気も続かないものさ」

「おおー！」

という訳で俺は化石目当てにどんどんドリルで掘削《くっさく》を続けたのだった。

エネルギーの回復が間に合わなさそうになったところで要らない品などをエネルギー変換でエネルギーに変換していき、どんどん掘っていく。

やがて大量の鉱石と共にそこそこの何かの化石を俺たちは手に入れる事が出来た。

†

「絆さーん」

やがて硝子たちが鉱山内の魔物退治を切り上げて俺たちの所にやってくる。

「経過はどうですか？」

「どんどん掘っているからね。一日でかなりの量の鉱石を確保できたよ」

「まだまだ足りない」

しぇりるが手にした鉱石類を見て呟《つぶや》く。

「確かにこれだけの量があっても色々と作ってるうちにあっという間になくなってしまうね。設備強化にも使わねばならないからね」

「良いアクセサリーを作るのも数が必要だし、大変だけど楽しいのよね」

「ロミナさん達が必要な物資はまだまだ足りないのですね」

「大変でござる」

「お兄ちゃんはどう？　休憩中にネズミ釣りとかモグラ釣りとかしてない？」

紡……お前という奴はそんなに俺が信用できないというのか。

「ふふん。俺はそんなしょうもない事をしたりしてないぞ。やったのはこれだ！」

ジャーンと俺はクリーニングを終えた化石を硝子たちに見せる。

「化石でござるか？」

「そうだ！　出てきた何かの化石をクリーニングして鑑定したんだぞ！」

「へー化石なんてあるんだ？」

「そのようですね。魚の化石ですか……絆さんらしいです」

「おう！　なかなか化石も楽しいぞ」

「新しい発見があったようだけど、絆の嬢ちゃんの近くでしか見れない事じゃねえ感じか」

「ちょっと残念だけど良いじゃないの」

らるく達の期待に添えなくて結構だ。そんな毎度面白い事もないっての。

「鉱石掘りで化石に興味を持ったみたいですね。鉱石はオマケですか？」

みんな俺を理解するのが早いなー。確かに化石は化石でも魚の化石ってところでテンションは高いぞ。

ちなみに何かの化石を集めただけで最初の一個以外、まだクリーニングはしていない。

「結果的にそうだな」

「次は化石掘りに夢中になっちゃうのかな？　お兄ちゃん」

「釣りもするに決まってるだろ！　化石掘りの趣味を増やすだけだ」

「まあまあ、この化石をある程度集めると絆くんが装備しているエンシェントシリーズの作成が出来るようだから悪い話ではないよ」

「フォッシル……エンシェント」

「へー！　じゃあ私たちも作ってもらおうかなー！　集めれば良いんだよね？」

「しばらくはここで採掘をするから必要数は集められるかもしれないね。50個ほど必要なんだけどね」

「かなり多いですね。そんなに出るのですか？」

「いや……今回の採掘で14個ほどだね」

「気が遠くなりそうですね」

硝子がなんか困った顔で言葉を選んで言う。

「この程度ならゲームによってはあり得る数字だね」

「そうでござるな。無理とは言い難《にく》い数字でござるよ」

割とゲーム廃人的な思考を理解している紡と闇影が問題ないとばかりに答えている。

「ですが今日一日使って14個なのですよね？　装備に武器……他部位も考えると途方もないように感じますが……」

「それでもってところだね。解体素材だって必要数はそこそこ多いんだよ？　気にするほどでもないさ」

ロミナもそのあたりは日々の鍛冶《かじ》で消耗するからわかっているんだな。

「問題は材料に使える目当ての化石がこの中でどれだけ見つかるかになるだろうけどね」

「なんとも……大変なんですね」

「失敗したら目も当てられないから揃《そろ》う頃には絶対に成功できるほどに技能を上げておきたいところかな」

ロミナの重圧も凄《すご》いだろう。

何せこれだけやって失敗して何も出来なかったなんて事になったらトラブルになるのは想像に難《かた》くない。

そういったところから俺は鍛冶師《かじし》には絶対になりたくないなー。

「まずは10個集めて絆くんのエンシェントドレスの強化をしておきたいところさ」

「それくらいなら出来そうです。お手伝いは必要ですか？」

「大丈夫だ。飽きるまで化石のクリーニングを任せろ」

「それってずっとやってるでしょお兄ちゃん」

「ですね。絆さんに飽きるという概念は存在しないように感じます」

「間違いないでござるよ」

「そう」

「根気はすげえと思うぜ」

「てりすも尊敬しちゃうわよ」

なんでみんな揃《そろ》って俺に飽きるって概念が無いって事に同意してる訳？

「はは、絆くんに関してみんな理解が深いね」

「お兄ちゃんはねー。ちなみに私はお母さんにお腹《なか》の中にいる時に先に生まれたお兄ちゃんに根気を取られてきたんだろうって言われた事あるよ」

なんか自慢げに紡が言ってるけどそれって虚《むな》しいだけだからやめろよ？

「絆さんの根気の一部を紡さんが持っていたら丁度良いような気はしますが……」

「親というのは無神経で酷《ひど》いもんでござるよ」

なんか闇影が棘《とげ》のある言い回しをしている。

親子仲が悪いのだろうか？　まあゲームに理解の無い親はそこそこいるもんだよな。うちの場合はゲームには寛容かな……姉と妹がゲームマニアすぎるけど。

ゲームの参加権を売って家族旅行を提案したら怒られたし。

「とにかく上手《うま》いことお兄ちゃんがハマりそうな代物が見つかってよかったね、ロミナさん」

「はは、絆くんがどれだけやり遂げるのか興味はあるね」

「良いと言えるのかそれ？　まあ、しばらく化石のクリーニングをしてみるさ」

なんでもやるのが大事だしな。これはこれで技能が上がるので無駄になる事はない。

一定数集めるとエンシェント装備をロミナが作ってくれる訳だし、上手くクリーニング出来たのはカルミラ島の自室とかで飾っても良さそう。

「それで硝子たちの方はどうなんだ？　上手いこと魔物退治できてるか？」

「んー……正直大分きつくなってきたね。ロミナさんに頼んで装備を新調した方が効率良くなりそうな感じだよ」

「戦闘に大分時間が掛かりましたね」

「強敵だったでござるな」

「歯ごたえがあって面白かったけどな。ちっと辛《つら》くはなっちまってるぜ」

「ロミナさん。装備素材のためにお兄ちゃん借りて良い？」

まあ強い魔物の素材を使えば自然と強い武具が作れる法則な訳だから解体技能のスキルが高い俺を連れて行くのが効率的か。

情報が出回った今、解体持ちって需要が高いんだろうなぁ。

「ああ、こっちは絆くんとペックルがいたお陰で目処《めど》は立っているからね。そっちの素材収集のために絆くん、行ってきてくれないか？　化石が出たら残しておくから」

「はいはい。んじゃ硝子たちの方の手伝いをしに行くかー」

って感じで俺は硝子たちと一緒に鉱山内の魔物退治組に参加して解体をしばらく行っていたのだった。

出てきた魔物はアイアンリザードという金属質の皮を持つトカゲ型の魔物とかだったな。皮が文字通り鉄でロミナに後で渡したところ鉄のインゴットに鋳造《ちゅうぞう》できたらしい。

もちろんそんな使い方は間違いで、柔軟な皮みたいな側面も持っているのでなめす事も出来てそっちの方が良い装備になるそうだ。

それからしばらく狩りを続け、そろそろ時間なので帰ろうという事になり揃《そろ》って鉱山から出る事になった。

採掘場の外に出ると既に日が暮れ始めていた。

「おー」

夕日を見ながら今日の収穫を確認する。

鉱石沢山、クリーニング前の化石そこそこ、魔物素材も十分確保できた。

「今日は疲れましたねー」

「色々と戦いっぱなしだったでござる」

「密度の高い一日だった。今日と同じ量を明日採れれば私たちが消費する分は十分に確保できるだろうね」

「そう」

「ロミナさんの鍛冶場《かじば》が拡張できたら私たちの装備もよりパワーアップ出来るね」

「いい加減拙者《せっしゃ》は装備の更新をしたいでござるよ」

「闇影ちゃんの美味《おい》しいところが終わっちゃうのかしら？」

「美味しくなくて良いでござる！」

闇影の奴、まだそのネタを言うのか。

とはいえさすがに色々と素材を確保しているし、色々と作れる頃合いだろう。

「絆くん。水晶ドクロを沢山持ってくれて助かるよ」

あの後、水晶ドクロがそこそこ発掘されて整頓《せいとん》のわかりやすさから俺が預かっている。

「量が量だからね。みんな持ってくれて助かる」

「当然だ。カルミラ島に着いたら倉庫に入れるぞ」

って事で俺たちは町へ戻り、ゆっくりと休む事にした。

四話　化石クリーニング

「ふー……」

入浴を終えて宿の部屋で涼んでいると扉がコンコンと鳴り来客を知らせてきた。

「絆さんいますかー?」

お?　硝子のようだ。

「いるよー」

扉を開けて挨拶《あいさつ》をする。

「なんかあった?」

「いえ、特に何かあった訳じゃないですけど、いらっしゃるかと思いまして」

「釣りに行くと思ってた?」

「そうですね。もう釣りに行ってしまったのかと思っていました。この後行くのですか?」

「いや、風呂に入る前にカニ籠《かご》のチェックと釣りを少ししてきたから大丈夫、今夜は釣りに行かないよ」

「そうなのですか？　てっきり今夜も行くのかと思っていました」

これはアレかな？

硝子も俺の夜釣りについていこうと思って声を掛けてきたのかな？

「今夜は寝るまで化石の処理をしておこうと思ってさ」

「ああ、なるほど」

「しぇりるやロミナの話だと機材を揃《そろ》えた工房とかでやった方が良いって話だけど、まだそこまで技能がある訳じゃないし、練習にね」

まずは色々とやってコツを掴《つか》まないと始まらない。

機材に関しちゃドリルとかある訳だから問題ないだろう。

少なくとも硬くてドリルが通らないとか出力が足りないって事は今のところない。

技能上昇の条件を満たさないといけないし、何事も挑戦だ。

「少し見ててもよろしいですか？」

「良いけど、そんな見てて面白いもんじゃないと思うよ？」

「絆さんが新しく興味を持ったとの話ですからどんな事をするのかと思いまして、もちろん少し見るだけです」

硝子なりの好奇心って事なのかなー？

「良いよ。じゃあ見てて」

俺は部屋の床に何個か化石を出してクリーニングを行う。

コンコンと大きく化石を砕いて削《けず》り落としてーっと。

「結構大きな音がしますね」

「隣の部屋からうるさいとか言われそうだなぁ……闇影とか文句を言いに来そうだ」

アイツ、本当寝るの早いんだよなー。

夜更かしをするって決めない限り闇影の就寝は早い。

正確には夜間での戦闘などを目的とする場合、闇影は昼寝をする。睡眠に拘《こだわ》りがあるのだろうか？

「そうですね。寝ているところを起こされるのは嫌ですよね」

このゲームではベッドに横になり寝ると意識するとスッと寝入る事が出来るのだが、何かしらの要素で起きたい時間より早く起こされる事もある。

俺も前にペックルに起こされた事があった。騒音で起きるって事もあり得る。

「でも気にせずこれだけでもやってくー」

「絆さん……」

カンカンと叩《たた》いて何かの化石を一つ、クリーニングする。

お？　どうやらこの化石はアンモナイトの化石のようだ。貝の形からそれっぽい。

これもエンシェント系の素材に使える事がわかった。

結構使える素材があるっぽい。

「よーし一個完了」

「これが化石のクリーニングですか」

「そう。ほら、しっかりと別のアイテムになってるだろ？」

硝子にクリーニングを行った化石を見せて掘り出された化石との違いを確認してもらう。

「確かに別のアイテムになってます。それで絆さん。化石はやはり魚の化石が欲しいのでしょうか？」

魚の化石ってところで興味が湧いたのは事実だ。

だけど……。

「恐竜の化石とかも出たら面白そうだとは思ってる」

「きっと出ますよね」

「そうだとは思うけど……この何かの化石で恐竜の化石が出てきたらどうなるんだろう？」

俺がカンカンと叩《たた》いている何かの化石は40センチくらいの石の塊な訳で……。

「恐竜の肋骨《ろっこつ》の骨が一本とか小さいのだと虚《むな》しくなりそう」

「そこはー……現地で掘り出すとバラバラだけど一か所ずつ見つかるとかではないでしょ

うか？」

「そのあたりも検証する楽しさがある。クリーニングする前は小さいけど削《けず》りだした途端にドンって可能性もある」

ブルーシャークがそれだったしなー……港であんな大きな鮫《さめ》が釣れたこと自体が不思議だろう。

「どうなるか楽しみです。ただ……全部がいきなり出てきたら凄《すご》そうです。恐竜は大きいので」

「さすがに頭とか胴体とかパーツ分けされるんじゃない？」

鑑定した途端、ドン！　と大きく部屋を埋め尽くされたら困る。

「ところでドリル音が響いてましたね……闇影さんが起きてないと良いのですけど……」

硝子が気になったのか部屋から出て様子を見に行った。

よし、今のうちに二個目に挑戦。

と、二個目にドリルをゴリゴリとやっていると硝子が戻ってきた。

「絆さん。二個目をやっているんですか？」

「うん。闇影が来るまでって思ってやってた。やっぱ怒ってた？」

「いえ……部屋の外では特に物音はしませんでした。絆さんが二個目をやっていたなんて気付きませんでしたよ」

「どうやら個室から音漏《おとも》れはしないみたいだな。何かしらの条件付けないといけないって事か」

思えばカルミラ島の開拓時にロミナが鍛冶場《かじば》でカンカンしていたけど、俺たちは気にならなかったもんなー。

騒音なんかの嫌がらせが出来ないようゲームで対策処理しているんだなぁ。

逆に気付けないけどさ。

「……えっと、そういえば前に絆さんが船で寝ていた時に私たちも騒いでいましたけど起こしたりしてませんでしたね」

ああ、懐かしいな。もう随分と前の話だな。

硝子の元仲間たちとのやり取りで紡が死の踏み切り板に落とされそうになった。

「俺が図太いとか眠りが深いから気付かなかったって可能性もあるけどな」

「騒音にならない範囲なら聞こえるのかもしれませんね」

闇影がアルトを見つけた時は船の部屋でも聞こえたからなー……本当、条件はよくわからん。

「闇影を起こしたなら夜釣りに行くかと思ったけど、それなら気が済むまでやっておこう」

「わかりました。じゃあこれ以上邪魔したら悪いので行きますね」

「おう」

って感じで硝子は部屋を出て行き、俺は8個目のクリーニングが終わった頃に朝釣りに備えて就寝するために集中を解く。

「やはりというか恐竜の化石とかもあるんだな」

なんの恐竜かはよくわからないけど頭蓋骨《ずがいこつ》と首までの化石が出てきた。

たぶん歯が鋭いので肉食恐竜だと思う。ただ、頭蓋骨の大きさからして小型だな。

なんか他のゲームとかで見た事あるような気がするなぁ……。

鑑定できてないけどディノニクスとかそのあたりじゃないかと思う。

何個か連結する事で全部集まる感じだろう。

こっちもロミナに渡したら何か装備にしてくれるんだろうか？

何となくもったいない気がしてしまうなぁ……ＮＰＣへの売却額とかも気になる。

なので試しにＮＰＣに幾らで売れるか聞いたら恐竜の化石は３０００セリンで買い取ってくれるっぽかった。

高いような安いような……どの程度なんだろう。島主になってから扱う金額が大きいからよくわからなくなってきてしまった。

アルトに後で確認を取るとしよう。

化石って装備の素材に使えるって話だからプレイヤー間で売買する方が高値になるかも

しれない。

他に葉っぱの化石、アンモナイトの化石だ。リコプテラの化石が2個だな。

ともかく……そこそこ楽しめる他の趣味って感じだな。

「さてと、朝釣りに備えて寝るか」

こうして整頓《せいとん》を終えた俺は化石と機材をアイテムストレージに収納してベッドに入って就寝し、早朝に朝釣りをしたのだった。

†

それから二、三日は似た感じで採掘と釣りを繰り返しロミナ達の物資調達に貢献しつつ化石を集めてクリーニングを行い物資が十分に集まったところでカルミラ島へと帰還する事にした。

紡や闇影たちはその日その日でクエストを受注して色々と回っていたようだ。

俺も硝子に連れ回されて魔物退治に参加させられたぞ。

「島に戻ってきたでござる」

「物資も集まったみたいだし、早く装備の更新したーい」

「あ、悪い。俺、ちょっと用事があるからよ。先に行っててくれな?」

らるくは何やら俺たちとは別行動をするようだ。

「てりすも工房でアクセサリー作りをするわよー！」

で、てりすはロミナの工房でアクセサリー作りの技能上げか。

必要分の確保が済んだところですぐに物は送っていたので俺たちが到着する頃には既にロミナの使っている作業場の設備の拡張は済んでいたようだ。

「うん……前よりも精製する事の出来る素材が増えているね。より強力な素材や装備が作れるようになったのは間違いない」

「そう」

ロミナとしぇりるが揃《そろ》って作業場で作れる代物のチェックを行っている。

「絆くん達が手に入れた素材も含めて……作れるものが多くて目移りしてしまうね。まずは何が欲しいかい？」

「新しい鎌ー！」

「新しい魔法具でござるー！」

「インゴット……鋳造《ちゅうぞう》お願い」

紡と闇影としぇりるが声を上げてリクエストをする。

「はいはい。紡くんと闇影くんはそれで良いんだね。作れるものの中で良さそうなのを探しておくよ。しぇりるくんは私が鋳造したものを使って何か作りたいみたいだね」

「そう……やりたい事がある」

ロミナは次に俺と硝子へと顔を向ける。

「二人はどうするんだい？　特に絆くんはヌシ素材を手に入れているんだ。ウナギにイトウ……他にもチョコチョコと変わった素材まで手に入れてくれているから出来る限り注文に応じるつもりだよ」

「まずはロミナの雪辱戦《せつじょくせん》であるエンシェントドレスで良いんじゃないか？」

「そこは補修みたいなもんだから気にしなくて良いさ」

ふむ……となると今度は何を作ってもらおうかなー……。

「武器を作るとして青鮫《あおざめ》の冷凍包丁より性能が高いのとか作れるのか？」

「解体に適した刃物という意味で色々な種類の解体武器を作っても良いだろうね。何にしてもみんなからそれぞれリクエストは聞いているから待っててくれ」

「じゃあロミナが武器を完成させるまで何をするかね。無難に俺は島主クエストと設置したカニ籠《かご》の回収と設置でもしてくるか……？」

「随分と続けるでござるな……」

「まあなーとは言っても加工業務はもうアルトが子飼いにしている知り合いに丸投げもしてるぞ」

カニポーションに始まり、カニ料理、カニ装備とこのあたりの品々は副産物だ。

「ただ、必須でやる事でもないな」

アルトに在庫を聞いてからでも良いだろう。

この前の漁で在庫はまだ十分確保されているはずだ。

「武器が完成したら第一と第二都市へのエネルギー上限突破、条件解除巡りですね」

「そうだなー釣り場のチェックも忘れないぞ。水族館もチェックしておくか」

元々硝子も言っていたし、あっちの釣り場の確認もしたい。

「水族館ですか、話には聞いてましたが行ってませんでしたね。皆さんで行きませんか？」

「絆殿が確保した魚が網羅されているのでござるな」

「俺だけじゃねえよ。確かに俺が寄付した魚が多いけど」

「寄付をプレイヤーが出来るんだったね。見に行ってみよー」

そんな訳で俺たちは作業場にロミナとしぇりるを置いて、アルトと合流する前に水族館へと向かった。

五話　寄贈

水族館は島主である俺たちはフリーパスで入場できるのでそのまま中に入って色々と見て回る。

そういや硝子と一緒に水族館を回りたいと思っていたっけ。

「魚がいっぱい。これって全部プレイヤーが寄贈《きぞう》したやつなの？」

「一応そうなっているな」

「凄《すご》いですね。私も新しい魚を釣ってこの中に名を入れたくなってきます」

硝子が水槽の魚に目を向けながら呟《つぶや》く。

「新しい釣り場で釣った魚を寄贈する訳だから……淡水魚なら出来ると思うぞ」

「そうなのですか？」

「ああ、入り口にいるペックルに寄贈できる。一応城の玉座からでも出来るな。だから硝子、アメマスを寄贈したら名前が載るんじゃないか？」

少なくともアメマスはあの湿原が初めて釣れる場所だろう。となれば今寄贈すれば寄贈第一号として硝子の名前が載るのは間違いないはずだ。

「なるほど……ですが絆さんはよろしいのですか？」

アメマスを硝子に渡すと硝子は申し訳なさそうに尋ねる。

「俺は名前を載せる事に拘《こだわ》っている訳じゃないから、硝子がやりたいなら譲るさ」

「ありがとうございます。では記念に寄贈させていただきますね」

「あ、お兄ちゃん硝子さんにだけずるーい」

ここで妹が抗議をしてきた。

うるさい。お前はずっと狩りばかりしてて釣りなんて微塵《みじん》もしてないだろうが。

「紡殿、拙者《せっしゃ》たちは釣りをしてないでござるから我慢でござるよ」

「カニなら寄贈しても良いぞ。名前は載らないと思うが」

「ぶーぶー！」

「あの……」

硝子が気を使って紡と俺を交互に見ている。

「気にしなくて良いからほら、早めにな」

「はい」

そうして硝子が入り口のペックルにアメマスを寄贈しにいき、無事アメマスが登録されたので淡水魚のコーナーに確認しにいった。

するとアメマスがしっかりと水槽で泳いでおり、寄贈者に硝子の名前が記されている。

「これは……なかなか素敵な事ですね」

「硝子が喜んでくれるなら嬉《うれ》しいな。俺の知らない釣り場とか見つけて釣った魚を登録とかしても良いからなー」

釣り人仲間であると同時にライバルを俺は求めている。

硝子は俺に合わせて釣りを覚えてくれたのだから高め合いたいのだ。

「次は……そうですね。未知のヌシを釣り上げて登録するのを目的にしましょうかね」

くすっと硝子が冗談めいた笑いをする。

「おう。こっちも負けないぞ」

「はい」

「ところで思ったでござるが……絆殿、魚以外も登録されているでござるな」

言われて今まで通過したコーナーを思い出す。

そういえばラッコ型の魔物とかも登録されていたっけ。

「魔物が釣れる事は多々あるからな、フィッシングコンボとかでそのまま収納して持って来たんだろう」

「釣れるものは何でもいいのでござるな」

「お兄ちゃん。河童とかも登録できるのかな？」

「そっちはー前に島に立ち寄った際、俺が釣った扱いで登録されたんじゃなかったか？」

と、淡水魚のコーナーを進んでいくと悪行河童《あくぎょうかっぱ》が水槽内を泳いでいるところを見つけた。

「河童のいる水族館……シュールな光景でござる……」

「釣り上げると戦闘になるから収納不可扱いで登録だけされるんだろうな」

「他にも種類がいそうだね」

「そうだなー今度探してみるのも良さそうだ」

あの渓流じゃそんなに釣ってないしなーとはいえ、あそこで釣った新種はしっかりと登録済みだぞ。

結構この水族館の寄贈者《きぞうしゃ》の名前は俺だし。

鮭がどこで釣れるかの確認もしないといけない。

前線組が既にミカカゲの渓流を通過しているから釣り技能持ちが登録に来ていてもおかしくないはず……なんだが登録されてないな。

あんまり前線組に釣り技能持ちはいないのか？

まあ……渓流は釣りづらい場所だしな。

あそこ魔物の出現率高めだし。

そうしてまたもヌシのコーナーに確認に行く。

ヌシウナギ
ミカカゲの宿場町沿いの川に生息するウナギの主。
もうすぐ徳を積んで僧になるところを釣り人に釣られてしまった哀《あわ》れな存在。
生息地　ミカカゲ・宿場町の川

……これってどうコメントすれば良いんだ？

「絆さん。私たちってていけない事をしちゃったのでしょうか？」

「いや、さすがにそれは無いだろう。単純に釣っただけだし」

「岩魚坊主《いわなぼうず》の亜種設定のヌシでござるな」

「なんだそれ？」

「色々とバリエーションがあるでござるが、要約すると釣り人、もしくは漁師が川で釣りをするか毒を撒《ま》いて魚を得ようとしているところに注意をしに来る坊主がいるでござる。その坊主に食べ物を奢《おご》ってその場から去ってもらうでござるがその後、釣り上げた大物の魚の腹から奢った食べ物が出てきたという話でござる」

闇影ってなんていうか……こう、物語関連の造詣《ぞうけい》が随分と深いよな。

白鯨《はくげい》も知っていたし、白焼きも知ってたし……知識は豊富だ。

ただ、パーティーの頭脳担当になれないのは本人の行動の所為《せい》か。

リーダーシップは取らないもんな。

しかも慣れていない相手に対しては本人の言う通りコミュ障気味だし。

「岩魚坊主って事はイワナが大本か」

「有名なのは岩魚でござるが亜種としてウナギがあるでござるよ。地域によって変わる話でござるな」

「つまりこのヌシウナギはもうすぐ僧……鰻坊主《うなぎぼうず》になれたけど俺に釣られてしまいなれなかったって事ね」

後味わる！　なんか俺が全面的に悪いみたいな扱いじゃないか。

「とても悪い事をしてしまいましたね」

「絆殿が橋の下に大量に罠《わな》を設置していたでござるから岩魚坊主……鰻坊主が出てきて注意しても何ら不思議ではないでござるよ」

「シチュエーションはぴったりな訳だね！」

やかましいぞ！

「残念ながら俺に坊主は注意してないし飯を奢ってないから無効だ！」

「そうなる前に釣り針にかかっちゃった訳ですからね……良いのか悪いのか……」

「逆に考えるとこれってつまりこのヌシ素材って魔法系、特に回復系の装備にすると良いって事だよね」

「紡さん……」

　空気を読まない妹の効率的な推測。

　そうだよなー僧になれなかったって文面から考えると僧侶系の装備素材にしたら良いってヒントになっちゃうよねー。

「ゲーム感覚の闇でござるな……とはいえ、絆殿が釣らなかったら魔物化して戦う可能性もあったかもしれないと思えば事前に阻止《そし》したとも思えるでござるよ」

「悪い魔物なのですか？　僧という事は聖職者であるのですよね」

「……」

　闇影が硝子のセリフに沈黙してしまった。

「硝子、あんまりそのあたりは気にしちゃだめだと思うぞ。そもそも誰かが釣って、このテキストが水族館に登録される訳だしさ」

「……ですよね」

「しかし……岩魚《いわな》坊主か。渓流のヌシとかヌシイワナとかだったりして似たような説明文で出てきそう」

「否定できないでござるな。他にヤマメ、沿岸部でタラなどがあるでござる」

　ヌシヤマメとヌシタラがいたらこの亜種である可能性があるって事を心に留めておこう。

「ロミナさんに確認に行く？　回復系の装備にした方が良いのかって」

「それでもいいが、一番の問題は俺たちの中でヒーラーがいないところだろ。闇影が代理ヒーラーだから注文する武器を変えても良いが」

と、闇影に視線を向けると闇影がブンブンと首を横に振る。

「拙者《せっしゃ》はドレインがメインでござって回復は必要に迫られない限りはしないでござる」

「闇ちゃんの回復、そこまで上位のスキルじゃないもんね。魔力高いから回復量多いけど」

俺たちの中で魔法担当は闇影だもんな。

思えば俺たちの中にヒーラーがいないのは大分負担になってきているのではなかろうか。

「よし、アルトあたりをヒーラーとして育てるか」

「無理強《むりじ》いはしちゃいけませんよ」

「守銭奴《しゅせんど》のヒーラーは嫌でござる！」

「回復量でお金請求されそうだよねー」

確かに……アルトってなんかそういう事やりそう。

ただ、古きＭＭＯでは回復でお金を貰《もら》って小銭を稼いだりする事もあったと聞いた覚えがある。

僧侶系が遠い町や狩場などへ行ける瞬間移動系のスキルを所持していたとかで、転送料金を受け取って送り出すとか。

「ある意味アルト向きだとは思うけどな」

「そもそも絆殿はアルト殿にヌシ素材の装備を預けたいのでござるか？」

「嫌だなー……アイツ、値の付くものなら何でも売り飛ばしそうだから預けたところで売るのが関の山だろ」

アイツの無断販売は数えたらキリが無い。

後で売買した金を渡せば良いと思っているんだ。

金銭的な面での信用はしても良いけどせっかくの装備をアルトに渡すのは愚《おろ》か者がする事だな。

「アルトさんの信用の無さが悲しいですね。ある意味信用しているとも言えるのかもしれませんが」

「まあ、無理にヒーラーを探さなくても良いさ。俺たちはエンジョイしていれば良い訳だししばらくは闇影に回復をしてもらえば良いさ」

「あんまり頼りにしてほしくないでござるよ」

「闇影さんは魔法で貢献してますからね」

「まあヌシウナギ装備に関しちゃ気にしない方向で良さそうだな。次に釣ったヌシイトウを見てみよう」

　という訳でヌシイトウを確認。

ヌシイトウ
ミカカゲの湿原に生息するヌシイトウの分身にして断片。
本体はシカや人さえも呑《の》み込めるほどの怪魚であり湿原の中で息づいている。
生息地　ミカカゲ湿原

「こっちはなんていうか……分身って不吉な感じだな。それでもヌシ扱いか」

「他にもいる感じでしょうか？」

だからこそすぐに引っかかったって事なのかな？

「っぽいなー……いずれ本体とやらを拝《おが》んでみたいもんだ」

「魔物枠だったりしてね」

「あり得るでござるよ。ただ……出てきたら絆殿の餌食《えじき》になる未来が見えるでござるな」

「お兄ちゃん。魚には容赦ないもんね。白鯨《はくげい》も釣り上げたし」

「褒めてもこれ以上は出ないぞ。むしろこれは硝子が引っかけたんだから俺に責任を持たせるなっていうの」

「また釣れるのでしたらいずれ再挑戦して私一人で釣り上げたいですね」

硝子もやる気に満ちた感想を述べてるぞ。

「それまでに腕を磨いていこう」

「はい」

なんかウナギの時よりあっさりと話が済んでしまった。

一応、ウナギよりも釣りづらいヌシだったたし、解体もきつかった。

素材性能はこっちの方が上だろうな。中級王者ってところは同じだけどさ。

「さて……じゃあこれから次の釣り場がどこにあるか俺がしっかりと確認しておくからみんな自由に見ていてくれ」

「ねえねえお兄ちゃん！　イルカショーとか無いのー？」

「アルトに聞け、もしかしたら催しを設定してるかもしれないぞ」

そもそもいるのか？　イルカとか。

「ペックルのショーとかならありそうだな」

「ペックルは見慣れてるけど一度は見たいような気がするね」

やはり輪っかくぐりとかするのだろうか？　ボール遊びとか？

「さすがにゲームとはいえそこまで運営も想定して作っているでござるか？」

「島ひとつ1プレイヤーに管理まで任せる運営だぞ。無いと言い切れるのか？」

家庭用ゲームのシチュエーションならともかくＶＲＭＭＯにこんなシステムを内蔵した運営だ。何があっても不思議じゃない。

「確かにそうでござるな。ただ……館内の案内図にショーをするためのコーナーが無いでござるよ？」

「無いのか。そのあたり増築できるんだったら後でさせるか、図書館の蔵書が一部こっちに移っているそうだから小さな図書コーナーはあるはずだぞ」

「休憩コーナーにあるようでござる。調べるのも悪くないでござるな」

「じゃあ各自楽しんでいてくれ。後でロミナの所で合流な」

†

という訳で俺は入り口からしっかりと第一都市周辺と第二都市周辺にあるらしき釣り場のチェックを行った。

「そういえば……」

釣り場チェックをしていた俺はついでにヌシのコーナーに行って新しいヌシが登録されていないかを確認する。

すると……。

「くっ……」

とあるヌシの箇所で思わず悔しさに言葉が漏《も》れてしまった。

ヌシクロダイ

ルロロナ側のミカカゲ港に長年生息するクロダイの主。

若かりし頃は無数のメスと交尾をして子供をつくり、年齢を重ねて性転換した後は無数のオスと子供をもうけた港のクロダイたちの親玉である。

生息地　ミカカゲ港

なんか気色悪い説明が入っているな。

コレ、クロダイにおける本当の話なんだろうか？

ともかく……釣れる機会があったはずなのにブルーシャークを釣った所為《せい》で浮かれていた。

そうだよな。ブルーシャークは神出鬼没のヌシでこっちは生息地固定のヌシなのは当然だ。出来れば俺が釣り上げたかったが……他の奴に釣られてしまったのならしょうがない。

コンプリートを目指している訳じゃないけど、復活周期が判明したら釣ってやる。

決意を固めるのはこれくらいにして……そういえばクロダイって性転換する魚だったか。

「あ、あそこにいるの絆ちゃんじゃね？」

「ヌシコーナーでなんか見てるぞ」

「クロダイみたいだな、性転換……絆ちゃん、自身と重ねて見てるんじゃね？」

「なんか興奮してきた」

おい来場者、お前この前のイベントでも俺の事で気色悪い話してただろ！

ストーカーか！　しかも興奮すんな！　だが、ここで絡むと碌《ろく》な事にならない。

別のヌシなんかの情報も更新されていないかチェックをして、その場を去る事にした。

六話　釣りギルド

そうして情報収集をしていると……。

「はい。すいません。最近はちょっと気の良い連中と連《つる》んでいまして……」

何やら聞き覚えのある声がする方へと顔を向けると、らるくがペコペコと頭を下げているという珍しい光景を見た。

一体どうしたんだろうと近づくと……薄茶色の髪色の錬金術師風スタイルの20代後半から30代前半くらいの男性がいた。

野性味のあるらるくとは異なり、青年実業家な出《い》で立《た》ちをしている。

「あ、絆の嬢ちゃん」

ヤバイところを見られたって顔のらるくがこっちに気付くと、相手をしている男性が柔《にゅう》和《わ》な笑みをこっちに向けて手を振る。

「君は……カルミラ島の島主である絆さんだね。らるくから聞いているよ」

「う、うん」

「私のキャラクター名はオルトクレイ。よろしくお願いするよ」

なんか丁寧な自己紹介だな。一体どうしたんだろう？　とらるくの方を見る。

もしかしてこの人に会うためにらるくは別行動したのかな？

「そう警戒しなくても良いよ。らるくは……そうだね。リアルでの私の部下でね。ちょっと直接話をしていただけなのさ」

「はぁ……」

そうなのか？　ってらるくに視線を向けると頷《うなず》かれてしまった。

「ゲーム内でも会社が関わってるとか大変だなーって思うだろう？　私もそう思うので好きに遊んでもらっているからそこまでじゃないよ」

「その割にらるくは困ってそうですが」

「緊張させてしまっている自覚はあるよ。らるく。すまないね」

「いえ……滅相《めっそう》も無いですぜ」

頼れる兄貴分のらるくがこんな態度とは実は恐い人かもしれない。

「ちょっとした情報交換をしているだけなんだけどね。そうそう、絆さんの話はよく聞かせてもらっているよ」

と言ってオルトクレイは俺の頭に装備しているサンタ帽子に視線を向ける。

いやわかってる。ずっと装備してるけど変だって事は。だけど効果があるんだからしょうがないだろ。

「その帽子は最初のペックルが装備していたレア装備らしいね」

「あー……効果が優秀でほぼ強制装備を強《し》いられてる代物だ」

ペックルの能力アップが掛かるため下手《へた》に外すと困るのでずっと被《かぶ》らされているようなもんだ。

まあ、俺もペックルはよく運用しているので固定装備化している自覚はある。

年中クリスマスって感じになっちゃってるもんな。

開き直ってロミナの職人仲間にエンシェントドレスを染色でもしてもらってサンタコスでもしたら良いのかね。

「ああ、実は少々調べて見つけた代物があるのだけどらるく達に良くしてくれているお礼にコレを受け取ってくれるかい？」

そう言ってオルトクレイは俺にリボンを渡してきた。

リボン（重ね装備）
魔法の力で幻を見せ、本来着用している装備の見た目を偽り、リボンに見せる。

「重ね装備……」

「実際の装備と見た目を変える事が出来る代物らしいね。ファッションの統一感を出したいプレイヤーにはぴったりのものさ」

あー見た目に拘《こだわ》るって結構大事とは聞くよな。

「へー……こんな装備があるのか」

知らなかった。アルトやロミナもこういった装備があるなら教えてくれれば良いのに。

着けてみろって事なので装備項目にセットしてみる。

すると被《かぶ》っていたサンタ帽子の感覚がフッと消えて髪にリボンが巻き付く。

水面で確認してみると頭装備を着ける前のデフォルトにほぼ近い感じになった。

「どうだい？」

「これは良いなー」

年中クリスマスな頭とはこれでおさらばと思うとちょっと嬉《うれ》しい。

「まあ、重ねを無視って設定してるプレイヤーからはサンタ帽子を被っているように見えるけどね。何を装備しているのかの確認は大事だからね」

「ありがとうございます。本当に貰《もら》って良いの？」

「うん。らるくに良くしてくれてるお礼だよ」

これでクリスマス装備から脱却だ。

まあ見た目だけなんで固定化している事に変わりないけどさ。

らるくと遊んでいたお礼に貰えるなら儲《もう》けものだなー。

なんか悪い気もしてくる。素直に貰って良いのだろうか？

島主でそこそこ稼いでいる訳だから逆にお礼をすべきでは？

「お金出しますよ。ゲーム内での話ですが」

「ハハ、こちらもお金には困っていないよ。それで……うん。絆さんに聞いてほしい話があってね。その代わりにちょっと話をね」

「何ですか？」

「ああ、実は――」

と、話をしようとしたところでアルトが唐突に現れて俺とオルトクレイの間に入る。

「これはこれはオルトクレイさん。クレイグループの総帥《そうすい》がこんな所で絆くんに何の用でしょうかね？」

やや驚きの表情を見せるオルトクレイはアルトにも柔和《にゅうわ》な笑みを向ける。

「おやおや、これはお邪魔だったようだね。大丈夫だよ。君の大事な絆くんを取るつもりなんて微塵《みじん》も無いよ」

「何を言っているか推し量りかねます」

「警戒されてしまっているようだね。本当にそんなつもりは無いのに……しょうがない。ここは大人しく引き下がるとしようか。らるく、引き続きお願いするよ」

「へい」

って感じのやり取りをしてオルトクレイは去ってしまった。

「ふう」

一安心って感じでらるくが汗を拭《ぬぐ》っている。

結構便利なリボンをくれたし話くらいは聞いても良かったような気がするんだけどな。

他のプレイヤーがまだ見つけてない代物とかなんじゃないか？

そんなヤバイ人だったんだろうか？

「絆くん。君は島主なんだから声を掛けてくる相手には注意しなくてはいけないよ！　特にあのオルトクレイはね！」

「そんな警戒する相手なの？」

「そうとも！　アイツはこのゲーム内で僕が経営するグループのライバルに位置するグループの総帥《そうすい》なんだ」

ああ、つまりアルトのライバルって事ね。

敵の商人が金づるの俺と話をしようとしていたから間に入ってきたと。

「まさからるくんがあいつの部下だったとはね」

「そのあたりには関わっちゃいねえよ。基本は自由にさせてもらってるから警戒すんなっての」

「どうだか……とんだスパイがいたものだよ」

ってアルトがらるくへ随分と警戒心を募らせている。

俺はオルトクレイが去った後を指さしてらるくに尋ねる。

「ホワイト？　ブラック？　このリボン返した方が良い？」

ちょっと気になるので聞いてみよう。

「ホワイト。圧迫じゃなく単純に協力を頼まれてるだけだっつーの。そのリボンも貰《もら》っちまって良いと思うぜ」

「協力？」

「ちっと人捜しをな。ああ、絆の嬢ちゃん達は気にしなくて良い」

「ふーん……」

「お願いされていたんだけど、最近絆の嬢ちゃん達の所に入り浸《びた》りだったからあんまり出来てなかっただけよ」

「そうなのか」

「そういうこった。アルトの坊主がガミガミ言いそうだから話題を変えるけど、絆の嬢ちゃんと遊んでるのを知った社長に言付けを頼まれてよ」

「何を言う気だい。場合によっては文句を言う事になるけど。そもそものリボンはなんだい？」

「サンタ帽子を隠せる重ね装備だってさ。どう？」

「こんな代物が……ゲームではよくある代物だけど、ディメンションウェーブにもあるようだね。あそこの新商品という訳か」

恩を売られてしまった。厄介《やっかい》な……とアルトが渋い顔をしている。

アルトも警戒しすぎだろ。オルトクレイの方が大人な商人って印象になるぞ。

「頼まれた話ってのはアルトの坊主も仕入れてるかもしれねえけど、奏《かなで》の嬢ちゃんの話だよ」

「ああ、その件か。まだ確認をしている最中のネタではあったのだけど、重ね装備のリボンを含めて、この程度で恩を売ったと思われたら心外だね」

「はあ……アルトの坊主はもう少し余裕を持たねえと会社の経営は難しいぜ」

「姉さん？」

何やら話題に姉さんが出てたような？

「何はともあれ、絆くん。硝子くん達が待っているのではないかい？」

「あ、そうだな。じゃあ行くか」

†

そうしてロミナの所に行くとみんな集まっていた。

「絆さん、らるくさん……何かあったんですか？」

アルトの様子から察した硝子が尋ねてくる。

「あったというか……アルトが妙に殺気立っているというか……」

「アレ？　絆さん。帽子外したんですか？」

「いや、被《かぶ》ったまんま、見た目変える装備があるんだってさ」

「なんと……」

「わー重ね装備ってやつ？　このゲームにもあるんだね！」

「良いでござるな。拙者《せっしゃ》も忍者になれる重ね装備があれば常時装備するでござる」

「ああ……河童着ぐるみに重ねるんだな」

闇影は河童との因縁が強い訳で、見た目さえ気にしなければ使うかもしれない。

「違うでござる！　河童から離れるでござる！」

どうやら見た目の問題が解決しても装備は出来ればしたくないようだ。

「軽いトークはほどほどに、硝子くん達から聞いていたけど第一や第二の方に戻るんだってね」

何事も無かったかのようにアルトは話題を振ってきた。

いや……無理矢理すぎるだろう。

「……技能向上のために色々と回ろうって話になってな。装備とか色々と潤沢《じゅんたく》だからそこまで時間は掛からないと思うぞ」

「まあ指定された数をこなしていくんだろうからね。そろそろ次の波が発生するんじゃないかって噂《うわさ》も出ているし、ミカカゲの最前線で最終調整をするか行ってない所を回るのが無難だね」

確かにその二択になるよな。俺の場合は行ってない所が多いか。

「既存の釣り場を再度巡れば新しい発見もあるだろうね」

「そうだな……未発見の魚もあるかもしれない。ヌシクロダイみたいに」

「ああ、通称絆ちゃんクロダイが見つかってしまったのか」

なんだそれ⁉ 俺クロダイってなんだよ！ 誰がクロダイだコラ！

ネカマだからって変な紐付《ひもづ》けするな！

気にするのが良くない……のか？ うん、勝手に紐付けしてるんだ。

と、俺は気にしないようにする事にした。

「俺に謎の興奮してる変態共め！」

「変態なのは否定しないね。君のファンなんだからさ、彼らは」

うへ……アルトに言われると嫌だなぁ。俺に興奮する変態共め！

「迷惑プレイヤーですか？」

「そこまでの事はしてないよ。あくまで絆くんを見かけて遠目で愛《め》でていた者たちさ」

「はぁ……」

　ピンと来ないといった様子で硝子が首を傾《かし》げる。

「私とお姉ちゃんの自慢の力作だもんね！」

「外見もあるけど絆くんのキャラクター性なんかも好感を持たれているみたいだよ。第一都市の港でずーっと釣りをしていたとか最初の波で貢献していたとか、白鯨《はくげい》を釣り上げていたとか色々とね」

「絆さんが好まれているのはわかりましたが、その方々に不満で悔しげにしていたのですか？」

「違うって」

　まあ俺に興奮されるのは気色悪いんだけどさ。

「では一体……」

「いや、ミカカゲの港で俺が釣ってもいないヌシを他の人が釣り上げちゃって先を越されたなーって見てただけさ」

「より希少なブルーシャークのヌシを釣り上げておきながら悔しがるのはどうなんだい？おそらく絆くんが中継街で釣り上げたヌシウナギと似たり寄ったりの素材が解体で得られるくらいだと思うよ」

「別に素材目当てって訳じゃないって。ちょっと悔しいなーって思っただけ」

思えばヌシなんてそうポンポン釣れる相手じゃないし、チャンスはそこに釣り糸を垂らした者すべてにある。硝子がヌシイトウを引っかけたみたいにさ。

「再出現の周期がどんなもんか次第だけど俺も釣りたいもんだな」

「そのあたりの情報……ちょっと時間が掛かったけど、幸い聞き出す事が出来たよ」

「おお、わかったのか？」

「まあね。同じヌシを釣った事があるプレイヤーの話だと一週間という説が出ているよ。もちろんバラツキがあるけどね。このあたりは運が左右するから確定ではないけどね。ただ、見えるタイプのヌシを元にした証言だから安心して良い」

「そうなのか。見えるタイプというとヌシナマズみたいな奴か」

釣り針に引っかかるまでわからない奴もいるけど、固定出現って感じで見えるヌシもいるんだろう。

「再出現、思ったより時間掛かるんだねー。フィールドボスとか6時間周期だったりするのに」

「釣りは魔物退治と違うからなー……しかし、よくそんな情報仕入れられたな」

「とある縁で釣りギルドの者たちと話をするようになってね」

「釣りギルド……いいな。俺も掛け持ちで釣り仲間が欲しいぞ」

俺の言葉にアルトが返答に悩むかのように眉を寄せる。

なんだ？　何か都合が悪いのか？

死の商人が何かやらかしていないか不安になってきた。

「紹介する事は出来るけど、絆くんは嫌がるんじゃないかなー」

「どういう事だ？」

「この前ギルド名を一新したそうで、その名前が『絆ちゃんとアクヴォル様ファンクラブ』というんだよ」

「おい！　何勝手に人の名前を使ってんだ！」

肖像権とかそういう前に本人が許さないぞコラ！

つーかこの前の魔王軍侵攻イベントのチャットでの冗談を実行に移したのかよアイツら！

「ちょっと待てアルト、まさかと思うが俺が悔しそうにしていたって情報……」

「正解だよ絆くん。彼らがその所属メンバーさ」

うへぇ……マジでお近づきになりたくない。

「名前はともかく割と真面目に釣り関連のギルド活動をしているようだよ。第一回目のギルド活動は絆ちゃんの始まりの地と称した、第一都市の港でのヌシニシン釣りだったそうでメンバーで釣り場巡りに行ったそうだから」

釣りをしながら色々と情報交換をするのが目的……っと。

面白い事やってるじゃないか。というか始まりの地とか言っているけど、釣りに限らずプレイヤー全員、あそこが始まりの地だろう。

「せめてギルド名をどうにかならんのか」

「ゲームシステム的なハラスメントにはなっていないんじゃないかな」

「絆さん……嫌ですよね」

「ネットアイドル絆ちゃんだね、お兄ちゃん！」

「中身男とわかっているくせになぜそこまで……」

いや、まあ、ネット文化ってそういうノリと勢いなところがあるけどさ。

俺のファンを自称する連中が出てきた事に気色悪さが……確かにそいつらと情報交換なんてしたくない。

「絆殿……仲間でござるな」

「闇影ちゃんファンクラブはあるのか？」

「ないけど闇影くんは結構、いろんな所で人気があるよ。やはり強さは人気に繋《つな》がるんじゃないかい？　闇影くんがパーティー募集すればあっという間に人が集まると思うよ」

まあ……ディメンションウェーブのイベントには必ず上位というかトップに君臨するエースプレイヤーなのは間違いない。

最初の波から始まり第二波や第三波でもトップにいるもんな。

挙句《あげく》魔王軍侵攻イベントでもトップ……闇影に人気が出ないはずはないか。

「拙者《せっしゃ》コミュ障ぼっちでござるから困るでござる！」

「どうやら抗議した方が良さそうですね」

「しても良いけど絆くんに続けと憧れているに過ぎないからね。現に絆くんは知らなかった訳だし、メンバーも自ら名乗る訳じゃないからそっとしておいてあげれば良いさ」

「……下手《へた》に拘束するとアングラな所で団結する」

しぇりるが同情の目で呟《つぶや》くように言った。

そうなんだよなー。人間って押さえつけられると余計面倒くさくなるもんだ。

「まあ俺が前に出て歌ったり踊ったりする訳じゃないんだし……勝手にやらせておけばいずれ改名なり自然解体するだろ」

「絆くんにはノータッチという信条を掲げているからね」

「興奮するとか遠くで仲間と話してたぞ」

「聞こえていたとは未熟だね。まあ聞かれた事を知ったからには仲間同士で粛正《しゅくせい》が入るだろうから安心してほしい」

粛正って地味に罰が厳しいな。どういう遊びなんだろうか。

「なんでも彼らからすると絆くんの中身が男だからこそ、安心して愛《め》でていられるし表に出なくても心の支えになるそうだよ」

「それはどうして？」

「だって仮に絆くんがこの先ゲーム内で結婚とか実装されたとして、相手に選ぶとしたら女性キャラだろう？　彼らは君が男性キャラと結婚するのが嫌なのさ」

俺も嫌だよ。というか結婚とかシステムが出来るかわからないもんを前提に、中身男で男と結婚しないだろうから信仰対象にしているのかよ。アイドルじゃないんだぞ。

確かに今の俺に男性のキャラを使っているプレイヤーとの接点はあんまりないけどさ。

一応、アルトが男性キャラか？　らるくも男性か。

だが、勘弁してくれ。こんな死の商人と結婚とか。らるくにはてりすがいるだろう。

ゲーム内だとしても嫌だ。あくまで友人でしかないだろう。

「今のところ、仲良しの硝子くんとのペアが尊いと言われているね。キズ×ショウだね」

「えーっと……」

巻き込まれた硝子も返答に困ってるぞ。

「闇影くんが次点だね」

「嫌なギルドでござる！」

俺と硝子か、俺と闇影の派閥かよ。

「釣り専門となると今のところそこに人が集まっているね。ロミナくん経由で君にルアーを作ってくれた職人もそこに所属したそうだよ。嫌なら僕とロミナくんが仲介役をしておくけど良いかい？」

「……頼んだ」

あんまり俺は気にしない方がよさそうだ。

情報だけアルトに吸い取らせる形で良い。

……釣り仲間が出来ると思ったというのに、そこに行ったら間違いなく俺は姫プレイをする羽目になる。

いや、担ぎ上げられるのは間違いない。

アイツらのノリが無駄に良いのは戦場で知っている。

中身男でも俺を持ち上げて遊ぶのがたやすく想像できるぞ。

仮に普通のＭＭＯだったら、ＡＦＫ……ＩＮした状態でパソコンとかから離れてキャラクターを放置してたらご本尊とかにされてお参りとかされてそう。

ログアウト不可ＶＲＭＭＯで良かった。

弄《いじ》られキャラは闇影だけで十分だ。孤高の釣り人を貫くしかない。俺は姫じゃない！

「くっ……良いさ、釣り仲間は硝子がいるもん」

「お兄ちゃんのそういうところ、萌《も》えとか言われてそうだよね」

「うるさい。お前の所為《せい》だろ」

「んー……外見関係なく屈強でもギャップ萌えって言われてたと思うよ」

どうすりゃいいんだよ。

「絆の嬢ちゃんはそのあたりが楽しげで良いぜ」

「あまり関わらず無視するのが良さそうでござるな」

「そうだな……」

「人が作業している最中になんとも楽しそうな話をしていたね」

ここでロミナが呆《あき》れ気味にやってくる。

「ああ、俺に妙なファンギルドが出来てしまってな」

「ご愁傷様《しゅうしょうさま》と言っておくよ。仲介は私からもしておくから絆くんが嫌なら関わらずにいれば良いさ」

「礼を言う。で、話題を無理矢理変えようとしてるけど、アルト。らるくが伝えようとしたネタは何なんだ？」

オルトクレイからの情報提供らしいのに、恩を売りたくないとか無理強《むりじ》いするなよ。

「いや……それは、確証がある訳じゃないのでデマの可能性があるんだけど……」

「一体どうしたんだい？」

で、アルトが困ったような顔をしたのでロミナが尋ねる。

「オルトクレイって人がらるくと話をしてて、何やら姉さんが関わってるみたいでさ」

「オルトクレイ？　なるほど、アルトくんが焦るのも納得だね」

「そうなの？」

「アルトくんの方はカルミラ島の財力を元に手広く商売しているからゲーム内の商人のシェアを圧倒しているのだけど、クレイグループは信用を第一にしている所でね。私としても信用できる相手だよ」

「ほう……」

ロミナの太鼓判があるという事は問題のある守銭奴商人《しゅせんどしょうにん》ではないという事か。

二番手かどうかはわからないけど信用のあるグループを保有していてアルトと対抗している。

そんな信用できる商人が俺に売り込みに来た訳だから、管理委託を変えても良いような気がするぞ。

アルトは死の商人並に手口が悪徳な前科がある訳で……反省してくれれば良いけどどうにも怪しい。

隠し立てをするなら何処《どこ》までも追求するのは至極当然の行動だよな。

「様子を見ておきたかったというのに……しょうがないね。僕の信用問題になりそうだ。絆くん達に確認してもらおう」

と、アルトは俺たちに来るようにと指示をしてきた。

七話　臨公広場

ロミナから出来上がった装備を貰《もら》うのを後回しにして俺たちはアルトに連れられ島の商業地区へと向かう。

着いた所はカニバイキング店が見える道路だ。

「なになに？　何か面白い事でもあるの？」

てりすもよくわからずについてきている。

「アルトの坊主、俺を責めてきやがるけどこの件にお前は関わってねえのか？」

「絆くんの財産で色々と事業をしている僕だけど、今回の件は直接関わっていないって事だけは断言させてもらうよ。信用問題だからね」

ここまで断言するならそうなんだろう。直接関わってないってところも気になるが……。

「アルトがそこまで言い切るのも珍しいな」

「先ほども言ったけど確証を持ってから話をしようと思っていたところだというのに……」

俺たちが前に出ないようにアルトは遮《さえぎ》りながらカニバイキングの店先を指さす。

夜だから少し遠いんだけどな。

「見つからないようにね。お姉さんの性格は君たちが一番わかってるだろう？」

「だから何なんだよ」

と言いつつ俺はアルトが指さした先にいる人物を確認する。

あの人物は……奏姉さんだ。

何か変な事に巻き込まれているっぽいけど大丈夫なんだろうか？

「はー」

食った食ったとばかりに奏姉さんが腹を摩《さす》りながら歩いて行く。

うん、なんとも言えない姿だ。姉が娯楽に興じている姿なんてリアルで嫌というほど見た事があるんだが……まあカニ食い放題はちょっと楽しいよな。

「後を追うよ」

「アレって奏姉さんだろ？　姉さんに何かあったのか？」

この前の魔王軍戦前にも少し話をした。

奏姉さんって自身の繋《つな》がりに干渉されるのを嫌がるタイプだから、姉とはいえその仲間たちにフレンドリーに応答はしないよう心がけている。

もちろん誘いがあれば手伝う感じで仲良くもするんだけどな。

みんなそれぞれゲームを楽しむってスタンスで、紡も元々はロゼ達とパーティーを組んでいたけど俺たちの方が面白そうだからってこっちに合流した。

「絆さん達のお姉さんですよね」

「そう聞くでござるな」

「奏ちゃんよね？　どうしたのかしら？」

「うん。ちょっとね」

と、言いながらアルトは俺たちの先頭を歩いていく。

当然、奏姉さんに気付かれないように距離を取って。

夜のカルミラ島は賑《にぎ》わいを見せている。ミカカゲのクエスト以外で遊んでいるプレイヤーや商人たちが楽しく談笑している様子だ。

そんな街並みを歩いて行くと海岸沿いにあるキャンプ場へと辿《たど》り着いた。

するとそこには無数のプレイヤーがテントを張っていて、椅子に腰掛けつつ武器やステータスの確認をしたり、各々《おのおの》メッセージを送ったりしている光景に出くわした。

何となくプレイヤー達はピリピリしているというか……ちょっと変わった空気が漂っているような気がする。

「ここは？」

「カルミラ島の臨公広場……の一つかな。彼らの言い分では前線組の広場だね」

臨公広場……古いオンラインゲームなどで使われるLvが近い人同士が臨時でパーティーを組んで、手に入れた経験値や金銭を公平に分配する際に用いられる場所の名称だ。

今では野良とか色々と呼び名がある訳だけど、人との友好を広げる手段でも使われる。誰だって誰かと一緒にパーティーを組んだりして遊びたい。

オンラインゲームというのは他人と楽しむものだ。

その足がかりとして、こういう場所が生まれるのは至極当然と言える。

「最近俺たちも使ってねえなー絆の嬢ちゃんの所が居心地良くてよ」

「そうねー割と本気で自由にさせてもらってるわー」

まあ、らるく達はコミュニケーション能力高いし使ってるよな。

「前は第二都市の広場などが使われていたんだけどね。今ではアクセスの良いカルミラ島のここが臨公広場として広まっているのさ」

「へー」

「ただ、彼らは言ってしまえば貧乏前線組だけどね。ミカカゲのビザの冷却期間中にここで物資調達と食事を済ませて宿代をケチって野宿さ」

「宿代をケチって野宿って……」

宿はどこもそこまで高くはないだろ。

それこそ安い宿ならモンスターを一匹倒すだけでも泊まれる。

「宿代を払うお金があるなら回復アイテムや武具代金にしたいって心理だそうだよ。彼らはこのゲームがどんなものなのかまだよくわかっていない、戦闘一筋でね。しかも運が悪かったり、レアドロップを持っていなかったり、と成功していない方のプレイヤー達なのさ」

「まあオンラインゲームってこんな感じのプレイの人、結構いるからね。他のゲームと同じノリでやってるんだと思うよ」

「……リアルだったら体をこわしそうな生活だよな」

闇影とか硝子は何があっても宿に泊まるスタンスだというのに……俺は地底湖でサバイバルをしていたから言える立場ではないけどさ。

そもそもな話、昔からオンラインゲームと言えば重度のゲーマーは体に悪い生活をしているものだ。ゲームで金銭を得ている職業のプロゲーマーが長年の不摂生が原因で引退なんて話もそう珍しくはない。

「しかし、みんな似たような装備してるな。具体的にはカニ装備だが」

「守備力と汎用《はんよう》の幅がとても広くて且《か》つ安値で取引されているから自然とね。数を揃《そろ》えられるからみんなガチガチに過剰強化してるって話さ」

「完全にお兄ちゃんとアルトさんの所為《せい》だね」

「皆さんの活動をある意味支えている訳ですね」

汎用的で安値で過剰強化もしやすい装備でみんな固めている……オンラインゲームあるあるだな。無個性とも言えるけど、安くて強いんだったら当然だ。

精々雷属性《かみなりぞくせい》の攻撃がきつくなる程度だけど、雷属性と関係の無い敵を重点的に狩るなら丁度良い装備なんだろう。

「正直、無理に長時間狩りをしてわずかに経験値を積んでいくくらいなら他の事に力を注いだ方がこのゲームでは正しく強くなれると思うけどね。あくまで現時点の効率で考えたら、だけど」

態々《わざわざ》『現時点』と付け加えるのは保険のためだろう。

今後のアップデートの内容や状況によっては環境が一変する、なんてオンラインゲームでは珍しくない。俺たちも今は勝ち組面《づら》していられるが、今後どうなるかなんてわからないのがオンラインゲームの怖いところだ。

「そうですね……私は絆さんと一緒にいて良かったと常々思っていますよ。楽しんで強くなる。それが何より大事なんだと思います」

硝子は俺と一緒に遊ぶ事に真剣に挑んでくれているもんな。

もちろん俺も硝子と楽しむ事を忘れるつもりは無い。

硝子は戦闘に重きを置いているスタイルだし、未知の場所でモンスターと戦うという経験を求めている。

まあ釣りもヌシから取れる素材で作れる装備は結構良品が多いから、戦闘特化でも寄り道程度には良いと言えるか？

少なくとも現状は倒していないモンスターを倒したり、クエストを消化したりして、強化条件を満たしていく事が次のディメンションウェーブに備える行動となる。

そういう意味ではカルミラ島みたいな後から全プレイヤーが入れるようになる隠しマップでも見つけられれば良いが……そう何度も見つけられる訳がない。

「硝子さん、ヌシ釣ってみたいって話だもんね」

「おや、絆くんは元より硝子くんも釣りにハマってきているのかい？」

「否定はしませんよ。中々楽しめています。ただ……絆さんには敵《かな》わないとは思っていますけどね」

「割と硝子は釣り運良いと思うぞ」

ヌシを引っかける運で言えば硝子も負けてないと思う。

俺より先にヌシと遭遇したし。

何より敵わないというよりは、スキル構成的に俺の方は釣り特化だしな。

「それで、アイツらは戦闘特化でLv上げに励んでいるカニ装備集団って事で良いんだな？」

後衛とかはカルミラ島の鉱石装備などで身を固めているっぽい。

なんて言うか示し合わせた装備をしているから、どこかの部隊の基地にも見えなくない。

「そう言ってあげないでくれよ。彼らも強さとレアドロップ……一攫千金《いっかくせんきん》を狙って日々鍛錬を続けている者たちで、彼らが頑張っているからこそ僕たちはお金を得られるんだ」

消費者って意味だと良い客なのか？

通常ドロップだって沢山必要とする素材は多いからな。

宿に泊まらず、家を持たずにこんな所でキャンプをしている連中だけどさ。

何だろう……こう、ゴロツキのたまり場って感じに見えてきてしまった。

これからは野良パーティー会場を純粋な気持ちで見られなくなってしまうかもしれない。

いや……これはこれで非日常っぽいし、ゲームを楽しんでいると言えるのか？

テント張ってるし、キャンプ的な楽しさがある可能性もある。

「拙者《せっしゃ》、コミュ障でござるから近寄らない場所でござる」

ああ、そうだな。闇影は近寄らないだろうさ。

知らない人とは話をしたがらないもんな。そんな奴には無縁の場所なのは間違いない。

「前回の魔王軍侵攻イベントで人との繋《つな》がりなどが出来そうですけど……」

「常時一期一会だったり、ここから固定パーティーが出来たりギルドを作っていたりするんだけどね」

第二の人生を楽しむこのゲームでは自分の家を持てるシステムがある。

人によってはもう持ち家で過ごしているらしい。

カルミラ島に限らず、第一にも第二にも家はあるし、何なら一部の休憩マップにも少数だが設置可能なんだとか。

「カルミラ島の家だってさ……こんなキャンプ地で過ごさないといけない理由がそこまであるのか？」

「まあ……酒場やカニバイキング会場でパーティー募集している人もいるね。あっちはあっちで楽しんでいるプレイヤーが多いからここにいる人たちとはそりが合わないんだろうさ」

職人プレイヤーとかもいるだろうし、楽しみ方は人それぞれ、か。

色々と広場があるのな。このあたりはVRらしいと言えるのか。

「ちなみに僕はその人に適したパーティー募集の場所の紹介とかもしていたんだよ。正直ここは……まあ、彼らはなるべくしてここで集まっている感じだね」

「……」

「それと募集といっても誰でも良い訳じゃなくて装備の最低ラインなんか色々と聞かれるし、見られるね。カニ装備以上じゃないと蹴られるよ」

蹴られるってのは断られるって意味だ。

まあ固定の知り合いじゃない他人とゲームで遊ぶんだ。

必要最低限のLvや装備、スキル構成はあるよな。

このあたりは極普通《ごくふつう》の感性だし、よくある話だ。

ある意味、マナーのようなモノと考えた方が良い。

「俺みたいに釣り装備でいる奴とか門前払いになるだけだな」

「そうだね。『ふざけんな。釣りでもやってろ』と断ってくるのは間違いないね」

「絆さんの装備……かなり強力ですよ？」

「あの手の連中は、目に入らねえよ。応用の幅がねえし、寛容さもねえな」

「そうねーテンプレ以外は認めないって発想よ。冒険心が無いのよ」

「彼らからすると純粋な性能以外に付与された効果も戦闘向けじゃないと許されないのさ。もちろん絆くんは有名人でもあるから期待して招く人はいるかもしれないけどね」

「上手《うま》い人を真似《まね》するって事をせずに他のゲーム経験を参考にしてるんだよ、きっと」

紡が無慈悲な事を言うなー……否定できないけどさ。少なくとも一般的にゲームで最も簡単に強くなる方法は上手い人のやり方を真似する、だ。

ディメンションウェーブでは外部サイトを見る事が出来ないので不可能だが、普通のゲームなら攻略サイトでも見て、効率の良い方法をそっくりそのまま真似するだけで時間さえ掛ければ上位に行くのは難しくない。

だけど最近はある程度情報も広まってきた訳で……それらを試しもせずに上手くいって

いないのは、ゲーマー的にちょっとどうなんだと思わないでもないな。

ああ……アルトのなるべくしてここに集まっている、というのはそういう事か。

たまに普通のゲームでも、ちょっと調べればわかりそうな情報を知らなかったり、教えられてもやらなかったりするプレイヤーっているもんだ。

別に個人のプレイスタイルだし文句を言うつもりは無いが、他人とゲームをするなら最低限自覚しておかないと、色々と面倒な事に巻き込まれる。

「今はお金が欲しいなら島の雑務とか募集してるから戦闘せずとも結構稼げるよ」

「へー、まあスローライフ系の要素も充実したゲームだしな」

ゲーム内の豆知識というか最近の傾向分析をアルトは説明してくれた。

「代表的なモノの一つは釣り関連。フィッシングマスタリーとかはある一定のラインまで稼ぎやすいのは……君たちならわかるんじゃないかい？」

ここに来てみんながなぜか顔を逸《そ》らす。

おい。どうしてみんな顔を逸らした。

「確かに……そんな日を掛けずに私もフィッシングマスタリーはXになりましたね」

「拙者《せっしゃ》も実は出来るけどやらないだけでござる」

「私もね」

「当然僕も習熟はしてるよ」

「あれをやれば自然と上がるぜ」

「にもかかわらずやってくれるのは硝子だけだけどな」

「それは絆殿たちが無理矢理拙者たちに叩《たた》き込んだからでござるよ」

要するにカニ籠《かご》の回収作業時に経験値を貰《もら》えるのが原因だ。

ちなみに設置する時にも少しは貰える。

その所為《せい》でここにいるみんなはフィッシングマスタリーの習得条件を満たしているのだ。

漁に関する基礎知識ってやつだな。

「同じ理由でトラップ系も習熟できるね」

「四天王戦でも役立ったでござる。何が幸いするかわからないでござるよ」

「お兄ちゃん、このゲームに愛されてるよね。運営のお気に入りと言われるのも時間の問題じゃない？」

「その皮肉は島に取り残された身からすると言い返したくなるぞ」

どれだけ俺が島での生活を余儀なくされたと思っているんだ。

「その四天王戦で俺は貢献こそしたけど総合で1位は取ってないだろ」

まあ……2位だったんだけどさ。

「貢献では1位でござったが。あの叩きつけは伝説でござる」

少し前の事だからみんな記憶に新しいか。

魔王軍侵攻イベントでボスのアクヴォルの口にルアーを引っかけて叩《はた》きつけをしたもんな……アレのお陰で戦闘貢献がメチャクチャ出来た。

「見たかったぜ。アクヴォルがすげー事になってたって話だろ？」

なんかその件でアクヴォルと俺がキャットファイトをしたみたいに言われてしまった。

火の無い所に煙は立たないって言うけどこれが火元かね。

「気にするな。俺は硝子や紡、闇影みたいに反射神経はそこまで良くない」

「紡さんのお兄さんなんですから才能はあると思うのですけどね……稽古《けいこ》をすると時々光るモノはありますし、この前の私がヌシを逃がしそうになった時の動きもそうです」

硝子の分析は専門故に感じる事なのか。よくしてくれているからの期待なのか……。

「戦闘中に色々と考えすぎているのが動きが良くない原因かもしれません。ですが考えているからこその発想もありますし、性格的な適性で良いかと思いますよ」

「絆殿はもっと積極的に攻撃して近接は解体武器、遠距離はルアーで攻撃していれば拙者《せっしゃ》を超える成績をたたき出せるでござるよ」

「急がしくてヘトヘトになりそうだな。俺はそこまで器用じゃないぞ」

せわしなく動いて疲れそうだ。

「え？　出来てませんか？」

ここに来て硝子の一言……。

「お兄ちゃん、そのあたりは出来てると思うけどね。その頻度を上げていけば良いだけだよ」

「うーん……」

一回や二回出来ても、それを連続してやり続けるのは別の技術が必要なんだよな。

こういうのをプレイヤースキルの高い奴は理解していなかったりする。

「ゲームなんだし、現実では出来ない動きだって出来るんだからもっと柔軟に動けば良いんだよ」

「はいはい。器用に動こうとして失敗する未来が見えるから練習はするけど期待しないで待っていてくれ。それでアルト、他に稼ぎやすいのは？」

「料理だよ。単純な技能だけならね。バイキング店の厨房《ちゅうぼう》手伝いをしたら習熟はあっという間さ」

毎日山のように供給されていくカニを調理すれば数によるごり押しで料理関連のスキルは上がるか。数をクリアしたら種類を網羅しないといけないのはどんな技能も変わらないみたいだけどさ。

これはカニ籠《かご》で上げた釣り系スキルや罠系《わなけい》スキルも該当する。

やはり釣った魚や量、種類は隠しパラメータ的な要素を受けているようだ。

「どれも絆さんが関わっているところですね」

「まあね。それ以外にもちょっとしたモノがいくつかあってね。後はコツコツ上げていくところが多いよ」

「カニ漁は拙者《せっしゃ》たちだけではないでござるか？」

「このあたりは元々絆くんが設置した一部を拝借してるのさ」

アルトも手広く事業を広げているってやつだな。

とはいえアルバイトでカニ業務をやれば釣り技能と罠技能《わなぎのう》はサクサク上がるって事だ。

やっておけば自然と釣りと罠は出来るようになるので損ではないしお金も貰《もら》える。

「殺伐《さつばつ》と戦いだけをするよりは良いと僕は思うけどね。ペックル達以外にも働く場所を提供しているのさ」

「船に乗って蟹工船《かにこうせん》をさせられるのは奴隷《どれい》みたいなモノでござるよ」

「ははは、当然十分な報酬は与えているから問題ないさ。絆くんを見てごらんよ。ああいうのが楽しいプレイヤーもいるのさ。それにマグロ漁船を君たちは知らないのかな？」

「いずれやりそうでござる！」

否定はしないなー……もっと簡単にマグロを釣れるようになったらやりそう。

まあ要するにあそこにいるのは金稼ぎの方法と経験値稼ぎ、スキル熟練度稼ぎのバランスを上手《うま》く取れていないプレイヤー達って事だな。

　このあたりはゲームによっては何もかも戦闘じゃないと稼げないってパターンもあるから一概には言えないんだが……少なくともこのゲームでは、経験値稼ぎだけではどうにもならない部分があるよな。

「料理に関しては技能だけではどうしようもない要素もあるけどね」

「私たちだと絆さんとてりすさんのお陰で毎日美味《おい》しく料理をいただいてますね」

「魚料理ばかりで最近ちょっと飽きてきたけどね。てりすさんはお兄ちゃんの材料提供を気にしないし」

「てへ」

　ぺろってりす……お茶目な顔をしてるけど、俺以外がなんかイラッとした顔をしてるよ？

「唯一の難点でござる。絆殿、肉料理とか他に無いでござるか？」

「作れなくはないがー……」

「お兄ちゃんは料理できるってだけで、うちの場合、お姉ちゃんの方が上手だからねー。ちょっと聞いてみようか？」

　そうだった。奏姉さんを追いかけて妙に殺伐とした広場に来ていたんだった。

　……なんか固定パーティーがいる的な話してなかったっけ？

「で、ここに奏姉さんがいるってのはわかったけど……」

紡がそんなキャンプ地の人たちのテントを掻《か》き分けるように進んで行き……一つのボロボロになったテントの前に辿《たど》り着く。

随分と使い込んで耐久力が落ちたテントだな。

当然の事ながら修理などをしたりして誤魔化《ごまか》す事は出来るけどだんだんとテントなどは消耗して質が悪くなっていく。

寝心地とか悪くなるし使って寝てもあんまり回復した気がしなくなるのだ。

で、テントは性能が悪くて防音効果も低下しているのか……テントの中からチャリチャリと小銭を数える音と剣か何かを研《と》いでいる音が聞こえてくる。

「よし……あと少しでまた挑戦できる。あと少し。私はまだ頑張れる！　うん」

なんだ？　何かを姉さんは買おうと貯金でもしているのか？

それからすぐに……手ぬぐいを持った奏姉さんがテントから出てきて、俺と紡と視線が合った。

しまった。見つかってしまった。

それはともかく……なんか私服なのか耐久力が低下しきったボロボロの服を奏姉さんが着ている。部屋着とかそんな感じだろうか？

まあ安全地域なので装備が悪くても問題ないけどさ。

「あ……」

沈黙が賑《にぎ》やかとも殺伐《さつばつ》とも取れる周囲の雑音の中に漂う。

「アハハハハハハ！　お姉ちゃん、何やってんの！」

紡がここぞとばかりに爆笑を始める。

「くううう……」

あ、奏姉さんが悔しそうに顔を赤面させつつ唇を噛《か》み締めてる。

ほどほどにしておけ！　ゲームが終わった後が怖いぞ！

何だろうな……姉がホームレスをしているのに遭遇したような複雑な心境は……。

そもそもここは俺が領地としている島な訳で……言えば城で泊めさせる事さえ出来るというのになんで態々《わざわざ》こんな所でボロボロのテントを広げて寝ているのやら。

まあ、奏姉さんの珍しい姿が見れたから……俺もここは姉さんを指さして笑ってから助けるとしよう。

コレはけじめだ。うん。

俺を勝手に幼女アバターにした罰と思えば笑っても許される気がしてきた。

「ワロス、草生えるわ。姉さん、こんな所で何をしてるんだよ。もしかしてカニバイキングで詰め込めるだけ食べて宿代ケチって寝てた？」

「――そうよ！　だから何よ何が悪いってのよぉおおお！」

あ、頭から湯気を出して奏姉さんが鬼の形相で俺たちを追いかけてきた。

生憎《あいにく》このゲームにPK《プレイヤーキラー》は無いので罵声《ばせい》を浴びせる程度しか出来ない。

ただ、奏姉さんの罵声は今の俺たちからすると鳥の囀《さえず》りと似たようなもんだ。

「酷《ひど》い方々ですね」

「笑って良いのでござるか？」

「これがアルトさんが掴《つか》んでいた情報ですか？　らるくさんの知り合いからも報告があったという」

「そういう事だね。島主である絆くんの姉である奏くんが極貧生活をしているとタレコミがあったんだよ」

「俺もそう聞いたところだぜ。随分と荒れた生活をしてやがる」

「エクシード家のみんなは似た者同士と言うべきなのかもしれないのね。奏ちゃんワイルドねー」

などと冷めた表現を仲間たちがしている。

奏姉さんをからかうのはこれくらいにしておくか。

「さて、姉さんの心の傷に塩を塗る仕返しはこれくらいにして」

サッと切り替えて俺は振り返って両手を広げる。

「堂々と塩を塗ると言いましたよ」

「オープンな態度は絆くんらしいよね」

「ハッキリと物を言う絆殿はある意味清々《すがすが》しいでござるな」

「親しいからこそなんでしょうかね。私も絆さんと腹を割って話せるでしょうか?」

「していると思うでござるよ。現に島に招かれた時がそうでござる」

「考えてみればそうですね。私以外は迷惑を掛けるとわかっていて呼ばれた訳ですし」

「……呼ばれない方が迷惑な事もあるでござる」

「闇影の嬢ちゃんも難儀な性分だぜ」

「てりす達が庇《かば》ったけど、絡まれて大変そうだったわね」

闇影も随分と根に持つなー。呼ぶのが遅かったのは謝っただろうが。

今度似たような機会があったら最初に呼んでやろう。

「で、姉さん。そんな寝心地悪そうなテントで野宿するくらいなら城の方に来なさい」

冗談はこれくらいにして、しっかりと事情を聞こう。

こう……姉が野宿しているのに俺たちは豪勢な所で寝泊まりし続けましたってのが両親に知られるとそれはそれで面倒だし。

「で、でも……お姉ちゃんが妹たちに甘えるなんて……」

「弟な」

このゲームだと幼女アバターを使ってるけど俺は男をやめたつもりは無い。

妹たちって言うんじゃねえよ。

「お姉ちゃんもしかしてプライドが邪魔して私たちに頼れなかったとかそんな感じ？」

笑いを堪《こら》えながら紡が奏姉さんに尋ねる。

いい加減笑うのをやめてやれ。からかいすぎると後が怖いぞ。

「くっ……」

「アルト、詳細を話せ。じゃないと乗り換えを考える」

「君という人は弱みを握ったら僕以上だよ……彼女は数日に一度の贅沢《ぜいたく》といった様子でカニバイキングによく通っていたよ」

「なるほど、数日に一度の贅沢……その様子から考えて普段の食費すらケチってまともに食べてないとみた」

「う……」

奏姉さんが二の足を踏んだ。図星かよ。

相当赤貧生活で装備か何かを購入してるってところだな。

リアルの話だけど、姉さんは半年後に発売する最新のゲーム機やハイスペックＰＣに備えて貯金、みたいな事をしていた過去がある。

あの頃は大変だったな……俺も巻き込まれたって話は無視して。

うちのギルド……アルトが主催しているカニバイキングに参加する常連か……。

経営している店に家族が知らずに入って貪《むさぼ》っている姿とか想像するとなんとも複雑な気

持ちになるな。

「とにかく、見栄を張るのは良いけど逆に俺たちの風聞が悪くなって迷惑が掛かるから来るように。わかった？」

「……わかりました」

「お姉ちゃん、連行ー」

って事で俺たちはその足で城へと戻ったのだった。

八話　固定観念

城の広間にある椅子に姉さんを腰掛けさせる。ああ、先に入浴とかはしてもらったぞ。かなりさっぱりしたようだ。

しかし……奏姉さんの装備品を確認するんだけど……前見た時より質が落ちてないか？

魔王軍侵攻の時より悪くなっているって……。

「ほう……絆くんの姉君か」

城に戻ったところでロミナと合流した。

「あ、どうも……」

ロミナは前線組の装備をよく作っている有名プレイヤーなので姉さんとも顔見知りか。

「最近は店に来ないようだからどうしたのかと思っていたよ」

「え、えっと……」

姉さんがロミナの問いの返答に困ったのか顔を逸《そ》らす。

何か後ろめたい事があるって態度だな。

「あれかね？　絆くんの身内だからと優遇されるのを嫌がって他の鍛冶師《かじし》へ鞍替《くらが》えをした

というところかね？　私は気にしないぞ？」

「ロミナ、姉さんはそんな遠慮するような人じゃないぞ。紡ほど遠慮なしじゃないし、面《メン》子《ツ》は気にするけどな」

　そんな義理立てするような真面目な人だったらこんな事態になってないだろう。

「大方、ロミナの店が高いとか予約が多くて手間が掛かるとか、しょうもない理由で来なくなったんだろ。それと極貧生活しているところから考えて俺たちに通報されるのがわかっていたとか」

「う……」

　図星か。複数の理由が絡まってってやつだ。

「絆くん達にバレないようにとな？　現場を掴《つか》んでここに連行したんだよ。それで姉さん、なんであんな貧乏生活をしてた訳？　こう……姉さんもずっと遊ぶフレンドがいるって感じだったけどどうしたんだ？」

「見栄っ張りな姉なんでね。

　現在のディメンションウェーブではギルドがあるのは元よりマイホームなんかもある訳で、友人と冒険や魔物を倒す楽しい日々を過ごしているプレイヤーは多い。

　姉さんも紡と同じく一緒に遊んでいた友人がいたはずだ。

　すると姉さんは拳《こぶし》を握りしめて震え始めた。

「ああもう……わかったわよ。アイツらはね。私を戦力外だって事で狩りに誘ってくれなくなったのよ。装備の更新が遅れただけで！」

「競争意識の強いプレイヤーだったという事ですか？」

「元々はリーダーをしていた人が色々と管理してくれていて、私もやりたい事をやっていたのよ。だけど何かクエストを達成した際に連絡が取れなくなって、別の人が引き継いだあたりからおかしくなり始めてね」

「……聞き覚えのある話だね」

この場にいるみんなが俺を凝視する。

はいはい。カルミラ島の開拓クエストみたいにリーダー格の人物が行方知れずになって連絡できなくなったのね。

……となると、その人は今、カルミラ島みたいな特殊な状況にいるのかもしれないな。

「ああ、あの子ね」

「ノジャの嬢ちゃんが留守になってあそこの集まりがヤバくなったんだな」

らるく達は心当たりがある様子だ。顔広いな本当、この二人。

「後任の奴が向上心の塊で周囲に気を配らないタイプだった。そのシワ寄せが姉さんを含めた複数のプレイヤーにきて競争に負けた姉さんは縁が遠くなった。と」

なんだかんだＭＭＯタイプのゲームは一人で遊ぶとなるとハードルが高い傾向にあるん

だよな。

多くの場合、パーティープレイが推奨される。

そのために臨公広場などを利用する訳だけど、そこでも最低ラインの強さを求められる。

「アイツら私の攻撃力が足りないって馬鹿にして装備自慢をしてくるのよ。だから私もアイツらに負けない装備を手に入れれば別のギルドに入れると思って……」

「それで何してたの？」

「そ、装備強化を……」

あ、これは姉さん独特のごまかしをする際の誤解を招く言い方だな。

ロミナは何をしていたのか察したようだ。

「なるほど、過剰強化に手を出して破産したんだな？」

「そ、そうよ！　悪い⁉　装備が強くないと稼げないでしょ！　稼ぐために装備を強化しないといけないでしょ」

「装備が弱いから稼げない。稼げないから装備を強化できない。強い所に行けないから稼げないしLvも上がりが悪くなる……っと」

「オンラインゲームあるあるでござるな」

「このゲームは戦うだけが全てじゃないんだけどねー。お金が欲しいなら今じゃアルバイトもあるし」

まあ、戦闘なんてするつもりは毛頭無いってプレイスタイルをアルトはしているもんな。

文字通り食うに困らず商人界隈《かいわい》で一目置かれる存在になっている。

ロミナは鍛冶《かじ》のトッププレイヤーだけど戦闘もそこそこ出来るもんな。

現状、装備の影響が強いのは間違いないっぽい。

さっきアルトも話をしていたじゃないか、そんな難しい事じゃない。

「現在の状況でそこまで拘《こだわ》る必要はあるのかね？」

過剰強化担当のロミナがそれを言ったら姉さんの立つ瀬は無いな。

「絆くんの姉君にそんなデマを押しつけた職人がいるとは……とんだ不届き者だぞ」

「職人が原因とは限らないぞ。姉さんを馬鹿にしたプレイヤーの固定観念が広まっている可能性もある」

「お姉ちゃん、何が欲しかったの？」

俺たちの質問に奏姉さんは顔を逸《そ》らしてモゴモゴと小さく呟《つぶや》いた。

「え？　ハーベンブルグのカトラス？」

「……」

ロミナが露骨に額《ひたい》に手を当てて……なんか若干青筋立ててないか？

「さっき完成した君たちに作った武器を見せよう」

ロミナが武器を取り出して姉さんに見せる。

「ちょっと何よこれ！　装備自慢のつもり⁉　そりゃあアンタ達は匹敵するくらいの装備を持ってるでしょうよ！」

「奏くん、君は大きな勘違いをしている。絆くんの装備は確かに希少素材を元に作っているが過剰強化など全くしていないのだよ。紡くんの装備もそこまで手が込んでいる品ではない」

確かに紡の装備品の類《たぐい》でそこまで手の込んでいる品は少ない。

むしろ俺はワンオフ装備みたいなのばかりだけど、それにしたってほぼロミナに作ってもらった品ばかりだ。過剰強化なんて全くしてない。

「これは解体で得られた素材で作ったものばかりでボスドロップではない。君が狙っている海賊船長のサーベルからのカトラスの方が特殊な品なのだよ。精々ヌシ素材であるが……それもボス狩りを数回する程度の代物だ」

「お姉ちゃん、ぶっちゃけカトラスって次のアプデできっと型落ちする装備だよ？　結局は何処《どこ》かで再強化する事になる程度で、ゲームの最強装備じゃないよ」

「あの程度で打ち止め扱いにされると職人プレイヤーとしてのプライドを傷つけられてしまうよ」

ロミナも武器に関する事は拘《こだわ》る訳ね。

「次のアプデで良いのが来ると思って生活を維持しつつ貯金するくらいが丁度良い」

これもオンラインゲームあるあるの話だ。

現在最強の装備が翌週のアプデで型落ちする、なんてな。

装備じゃなくキャラだったりして、そこはゲームによって違う訳だけどさ。

「けどみんなアレが凄《すご》いって言ってるじゃない。アレが今後の人権になるって話よ。カニ装備は頭打ちになるって」

「何処の誰がそんなデマを広げているのやら……悪徳商人かな？」

このゲームで最も悪徳な商人が何か抜かしている。

「カトラスだけが全てじゃないよ、奏くん。君は長く愛用した装備をもっと大切にしてくれたまえ……でないと装備が泣いてしまうよ」

姉さんはどうやら周囲のプレイヤーに恵まれなかったみたいだな。

俺が言うのもなんだが情報が凄く狭い。もっと視野を広げないとダメじゃないか。

おそらく件《くだん》のリーダーをやっていたプレイヤーの舵取《かじと》りが上手《うま》かったのかな？

「なんかロミナが本当の職人みたいな事を言ってる」

「間違った事など私は言っていないぞ？　愛用した装備を強化する事でより良い効果が付くのだからな」

と、ロミナは試作品で作ったブルーシャークの短剣を奏姉さんに差し出す。

「そもそもだね。新しく行ける所で……絆くんが持ってきた材料の一部でこんな代物を私は既に作っているのだよ？」

「こ、これ……カトラスには劣るけど……」

奏姉さんも性能の高さが一目でわかったっぽい。

材料集めはちょっと面倒だけど、ボスドロップと比べれば簡単に作れる装備だもんな。

「職人である私が断言しよう。カトラスが絶対ではない。もうカトラスに並ぶ装備が既に入手できる段階にある。君の周囲は視野が狭すぎるのではないかね？」

「どっちにしてもそんな面倒な連中を見返すとか馬鹿な事を考えてないで、一緒に来るように。臨公広場の使用は禁止」

姉さんって変なところで凝り性《こしょう》だからゲーム終了まであんなホームレス生活をやりかねない。

ゲームっていうのは楽しんでなんぼだ。

ゲームは遊びじゃないんだよ！　なんて連中に付き合っていたら馬鹿を見る。

そもそも見返すって発想が間違いだ。その手の連中は見返したって褒めたりする事はないし負けを絶対に認めずに上から目線で語るのが関の山だ。

相手にするだけ無駄としか言いようがない。

「装備は私が見繕《みつくろ》ってあげよう。城の倉庫に大量に作ってある品がある」

「そんな……悪いわよ。絆や紡ならともかく……」

ここに来て姉さんは遠慮しているけど、その対象に俺たちを入れないのはどうなんだ？

「じゃあ装備の支給代金として僕が雇用しよう。しばらく僕の指示に従ってくれれば良い。なーに、魔物と戦えなんて言わないから安心してくれたまえ。なんと罠《わな》に関する技能が大きく伸びるし、絆くんほどじゃないが釣り技能も上がる。給金は……」

と、アルトが姉さんに交渉を持ちかけている。

何をさせる気だ？　いや、アルトがさせようとしている仕事が何であるのかこの場にいる連中は揃《そろ》って理解した。

「そ、そんなにくれるの？　それならLv上げが滞《とどこお》るけど……少しの間なら……」

「奏さん！　アルトさんの誘惑に乗ってはいけません」

「お姉ちゃん、タダで貰《もら》っちゃダメだよ。しっかりと働いて装備を買わなきゃ！」

硝子と紡がここで反対の事を言ってきた。

硝子は素直に良心による説得で紡は仲間を求めてだな。なんて酷《ひど》い妹なんだ。

「アルト殿の仕事は素晴らしいでござるよ。拙者《せっしゃ》、その仕事のお陰でこの前のイベントで大活躍したでござる。臨公では得られない貴重な経験値が手に入るでござる」

目が曇《くも》った闇影までもが紡側に立っている。

お前もか、闇影。そんなにも仲間が欲しいのかお前たちは！

「闇影さんも嘘《うそ》ではないけど推奨しちゃいけませんよ。奏さんは大変な生活をしていたんですよ！」

「はは、やっぱ面白れえわここ。もっと見ていたいところだぜ」

「楽しいがつまってるわよね。このギルド、てりすも混ざっていたいわ」

らるく達は完全に外野で見ている。

あれ？　そういやしぇりるは何処《どこ》だ？

いないな。工房にでもいるのかな？

「まあ、奏姉さんは面倒なプライドがあって甘えられないようだし、死の商人の所で働いた方がやりやすくなるんじゃない？」

なんか面倒になってきたし、奏姉さんが納得する形で一度労働させてからで良いか。

姉さんは実際に試してみて検証するタイプのプレイヤーでもあるしな。

「な、なんかよくわからないけどわかったわ。どんな仕事でもやってやるわよ！」

「誤解してそうだから言うけどエッチな仕事じゃないからね？　そこは健全な方じゃないと絆くん達に僕が解雇されてしまうよ」

その言い方だと健全じゃない闇の仕事もあるんだな？

死の商人め……このゲームでとんでもなく手広くやってやがる。

「彼女がそれで納得するというのなら私は止めないがね。どちらにしても君を利用してカトラスを作ろうとしている職人とは距離を取るように」

ロミナが念押しをしている。

まあ姉さんを使って過剰強化の練習台にするような奴とは距離を置いた方がよい。

ロミナは腕は良いが金が掛かるからな。ここは俺の身内でこれから迎え入れるって事でロミナも快く武具を作ってくれるのだから良いよな。

「奏くんの装備はシンプルに剣だったね」

「ええ、それと盾《たて》を使っているわよ」

って奏姉さんは自身の装備を見せる。

辛うじてカニ装備という格安汎用装備一覧《かくやすはんようそうびいちらん》って感じだ。

剣も供給過多で投げ売りとなっている品だし、盾を見たところでロミナは声を漏《も》らした。

「ふむ……盾は唯一愛用しているようだね。これなら強化に使えそうだ。正統派のタンクを彼女にしてもらえば戦いも安定するだろうね」

「正統派？」

硝子がポツリと呟《つぶや》く、どうしたんだ？

「絆くんが使役《しえき》しているブレイブペックルはともかく、硝子くんのスタイルは癖《くせ》がとても強いのでね。少人数戦闘なら良いが数に来られると厄介《やっかい》だろう？」

まあ、硝子って敵の攻撃を文字通り弾いて無効化して耐えるスタイルで今まで戦ってきたもんな。いざって時は俺や硝子、闇影が文字通りスピリットの性質をそのままにダメージを受けてごり押ししていたんだし。

最近じゃブレイブペックルに耐えさせていたけど、ブレイブペックルは長時間運用が出来ない。

「注意を引きつけるスキルは持ってるわよ。弾くのもね」

奏姉さんはその点で言えば確かに正統派か。

曲芸回避じゃなく、しっかりと前衛を任せられる頼れる盾《たて》って事で。

なんだかんだ安定はしているんだけどな。

さて……ここで念のために確認しておいた方が良いよな。

「姉さん、他に何か手に職みたいなスキルで育ててるのある？」

「そうね……採取と料理技能のLvが高いかしらね」

「……採取？」

「ええ、回復薬の節約用に薬草採取してたら上がったのよ。料理は自炊もして食費を浮かせられるからね。元々得意だから良いでしょ？」

まあ、我が家で料理が出来ないのは紡だけで基本は姉さんがやっていたからゲーム内でも何となくで料理はしていたって事で良さそうだな。

「魚料理以外が出来るでござるか？」

なんか闇影の目が輝いている。魚ばかりで悪かったな。

「出来るけど……絆？　あなた彼女たちに毎日何を食べさせていたのかしら？」

「何って釣った魚を料理して振る舞っていたけど？」

「お姉ちゃん、バリエーションは豊富だったからそこまで飽きるほどは食べてないよー。てりすさんもいるからね」

「それでもほぼ毎日魚料理でしたからね……」

硝子までもがなんか不満がありそうな事を言ってる？　何か問題があるか？

「たまには魚以外の料理も食べたくなってくる頃だよね」

「はぁ……しょうがないわね。明日は私が作るわよ。後で食材を見せるのよ。それと絆、料理が出来るなら一緒に料理するわよ。連携技が出来るから手伝いなさい」

「あ、姉さん連携技知ってるんだ？　てりすと俺もよくやってるよ」

「多少は知ってるのね。固定パーティーを組んでいると連携技の発動率が上がるって話があるのよ。戦闘だと魔法とスキルのコンビネーションね」

「へー戦闘面はよくわからずやってたなー」

システムとして知ってはいたけど具体的な発動方法はよくわかってなかったなぁ。

「戦闘スキルの方は今のところ発動に必要な技能が高くて数が限られているわね。あなた達の武器種は……」

「扇子です」

「解体武器と釣り、それと弓」

「魔法でござる」

「鎌だって知ってるよね」

「俺は鎌でてりすは魔法だぜ」

しぇりるは工房に籠《こも》っているのでここでは答えられないけど銛《もり》だな。

「闇影ちゃんにてりすさん……なんでこの二人がいるのに戦闘で連携技出せないのよ」

「なんでござる?」

「詠唱《えいしょう》を終えたところで即座に発動させず、仲間がスキルを使う呼吸に合わせて発動させるの。ターゲットサークルに仲間の攻撃を重ねるようにね。みんなの大技が対象だと思うわ。咄嗟《とっさ》に発動させるのは難しいけどね」

魔王四天王戦の時にみんながそれらしいスキルをあんまり使っているように見えなかったのは上手《うま》く発動させられなかったってのがあったのか。

罠塗《わなまみ》れで戦いづらかったみたいだったもんなー。個人プレイでもどうにかなったし。

大技……クレーバーとかは基礎スキルだから対象じゃないって事か。

「フィーバールアーが闇影やてりすの魔法で連携技になるのか⁉」

「絆殿、よりによってそのスキルでござるか⁉」

「確かに気になりますね」

闇影のドレインでフィーバールアーがどうなるんだ？

……吸収するフィーバールアー？

「対象のスキルなのかしら？」

「うーん……」

どうなんだろうか？　出来たら良いと思うけど。

「そもそもチャージ系のスキルが大半よ？　じゃないと連携しづらいでしょ？」

「となると俺の場合はブラッドフラワーか。硝子の場合は……」

「基礎スキルではなく大技となると輪舞《りんぶ》零《ゼロ》ノ型《かた》・雪月花《せつげつか》でしょうかね」

「私とらるくさんの場合は死の舞踏かなー？」

なるほど、そのあたりが対象な訳ね。

「そもそも絆、戦闘で釣りってどうなのよ？」

「使いこなせてますよね」

「ルアーが良い感じに命中しているみたいだよお姉ちゃん」

「よく魔物の口に引っかけて釣り上げているでござる」

「……絆、あなたは相変わらずマイペースにやっているのね」

そりゃあ俺のソウルスタイルだからなぁ。

「とにかく、明日は料理の連携技を絆、やるわよ。魚料理以外をね」

「えー……」

姉さんと一緒にみんなに料理を作る事になるのか。

やっぱりスキルが被《かぶ》っても問題ないって事なんだなー。

俺の方が魚料理の経験は豊富だと思うけど！

「まあ、これから奏姉さんをよろしく頼むよ」

「ええ、奏さん。絆さんにはとてもよくしていただいています。よろしくお願いしますね」

「わかったわ。みんな。どれくらい一緒に行動するかわからないけど、これからよろしく頼むわね」

こうして姉さんが俺たちのギルドに入る事になるのだった。

「それで何だが、絆くん達、出来上がった品を確認してくれ」

「あいよ。今度は失敗とかは無かったのか」

「工房の改築は元より私自身もしっかり技能上げをしていたからね。同じミスをするつもりは無いよ。ほら、絆くんにはまずエンシェントドレスだ」

そう言ってロミナは俺に改修したエンシェントドレスを手渡す。

エンシェントドレス＋3（5）
古代の素材を元にして作り込まれた不思議なドレス。
古代から伝わる不思議な力で驚くべき強靭《きょうじん》さを持っており、所持者の魔力を引き上げる。
装備効果　フィッシングパワー＋4　バランスアシスト＋2　水泳技能＋2　古《いにしえ》の守り

装備に必要なエネルギーは下級の時と同じだけど防御力は随分と高い。

しっかりと強化を施してくれているのもあって今までよりも受けるダメージは随分と下げられるだろう。

しかも高くはないけど万遍《まんべん》なく耐性を持っている。状態異常にも耐性があるっぽいな。

魔力も上昇するようだけど生憎《あいにく》と俺は魔法系のスキルは取っていないので魔法防御以外の効果は無いな。汎用的《はんようてき》に扱うにはかなり優秀だ。

運動神経の悪い俺は自然と被弾する事が多いので非常に助かる装備だ。

「お兄ちゃんの新防具だけど……前とあんまり変わらないね」

「色合いが違いますね。前よりきれいなデザインですよ」

下級エンシェントドレスは……今のと比べると装飾が落ち着いているというか質素すぎて地味だったけど下級が取れたお陰か色合いが鮮やかになっているっぽい。

使い回しだけど不自然には感じない作りにしてあるっぽいなー。

ただー……意識しないでいるのだけどスカートはやっぱり気にならない訳じゃない。

前よりふわっとした感じで……好きな人は好きそうなドレスになってると思う。

「良い代物をポンと使ってるわね」

「今じゃ難しくないよ？　姉さんもいる？」

「お金が貯《た》まったらお願いするわよ」

羨《うらや》ましそうにする割に義理堅いな姉さんは。

「中級エンシェントドレスにするには必要素材が足りないみたいでね。素材がわかったら強化していこうか」

「そうだけど……戦う敵に合わせて着替えたりするからな」

「当然だろう。ただ、汎用的《はんようてき》に使うなら絆くんには良いと思う」

「まあ、釣りをするのに必要な装備効果があるから、文句はないさ」

泳ぎとかも対応しているから装備するだけである程度泳ぐ事も出来るようになった。

ペックル着ぐるみほどじゃないけど泳ぎにも対応可能で悪くない。

防御性能は河童着ぐるみより上で、これぞ正当な装備って感じだ。

「似合いますよ」

「あ、ありがとう」

褒められてもなー。

普通のゲームだったら女アバターで言われたら嬉《うれ》しいけど……喜ぶべきなのかなー。

「お兄ちゃんは被弾しやすいから防具は大事だもんね」

「まあな」

そこは否定しない。

お前や硝子みたいなアクロバットを誰もが出来ると思うなよ。

「あとは白鯨《はくげい》の太刀《たち》と魔法鉄《まほうてつ》の熱牛刀《ねつぎゅうとう》を渡しておこう」

白鯨の太刀〈モビーディック〉をエンシェントドレス装備した俺は受け取る。

魔法鉄の熱牛刀は特筆した特徴は無い至って普通の牛刀……強く握ると火が出る包丁になったようだ。

鉄の牛刀よりも攻撃力が上がっていて、今まで切りづらかった食材も切れるようになるといったところだろう。

本題は白鯨の太刀〈モビーディック〉か……前々から大きい解体刀だったから、その重量感は相変わらずって感じだ。

白鯨の太刀〈モビーディック〉＋2（5）
勇魚《いさな》を解体する太刀《たち》に白鯨の血を吸わせて強化する事で磨かれた驚異の解体刀。
白鯨《はくげい》の力をその身に宿した一振りで力強く肉を断ち切れるだろう。
固有スキル　ボスダメージアップ30％　復讐の力　大型特攻3

ちなみに攻撃力は勇魚の太刀の数倍にも上がっていて、青鮫《あおざめ》の冷凍包丁〈盗賊達の罪人《つみびと》〉よりも少し高い。

その分、小回りが利かないから一撃の重さを重視した武器って感じだろう。

ＤＰＳ……Ｄａｍａｇｅ Ｐｅｒ Ｓｅｃｏｎｄ《ダメージパーセカンド》は青鮫の冷凍包丁〈盗賊達の罪人〉の方に軍配がわずかに上がるだろうけど、それは敵に張り付いて攻撃する事を前提とした戦いでだ。

ただ、ボスダメージとか大型特攻が付いているからボス戦だとこちらの方がダメージを稼ぎやすい。硝子や紡が注意を引きつけているところで大きく一撃を当てるのだったら白鯨の太刀で切り付けた方が良いダメージを稼げるだろう。

用途に応じて使う武器を切り替えるのは当然だな。

ちなみに元々が勇魚の太刀なので当然ながら鯨包丁《くじらほうちょう》……適した相手は大型の魔物だな。

当然ながら大型のボスを解体する時に使うと良い。

「大きくて派手だねー大剣って言っても過言じゃないかも」

「持ち手を伸ばせば長柄武器《ながえぶき》、長刀とかになりそうな代物ですね」

「その武器、カトラスを余裕で超えてるじゃないの。羨《うらや》ましいわ。他にも持ってるって聞いたわよ」

紡と硝子と姉さんが各々《おのおの》評価を下す。

まあ……俺が使う解体武器の中でも一際大きな一振りだもんな。

「これで同じ解体武器カテゴリーだというのだから不思議なもんだ」

「同じ武器種でも大きさが異なるのはありますからね」

「そうだね。私は鎌でも大鎌を好むけど鎖鎌《くさりがま》とか小さな鎌を使う人もいるよ。小さいものだと投げて使うらしいんだ」

へー……同じ武器でも使い方が違うのがあるのか。

そういやしぇりるも銛《もり》を投げたり刺したりしてるもんな。

硝子も扇とか使ってるし。

「復讐の力ってなんだろう?」

「ダメージを受けるとしばらく攻撃力が上がる効果だね」

アルトが説明してくれる。こういうところに詳しくて助かる。鑑定とかすると詳しく載っているのかな?

「かなりお兄ちゃん向けだね」

「ダメージを受けつつ殴りに行くってか？　俺は脳筋《のうきん》じゃないんだが……」

これだけ積んでも紡や硝子、闇影よりも火力が出せる自信はない。

「しかもボス特化という曲者《くせもの》武器だぞこれ……」

しぇりるは確か白鯨《はくげい》素材で手にした武器は雷属性《かみなりぞくせい》を宿したものだったのに俺のはボス特化とか……同じ素材でも系統が全然違うんだな。

「絆さんもこれで大活躍ですよ」

「どうだろうな……元々解体武器って全武器中でも攻撃力は低めの方だし、期待に応《こた》えられるよう頑張るけどさ」

一応、俺が手に入れた素材を集めて作られた変わりもの武器だし。

「なんなら姉さん使う？」

一応俺には青鮫《あおざめ》の冷凍包丁があるので姉さんに貸す事くらいは出来る。

「さすがにそこまで落ちちゃいないわよ。アンタが使いなさいな」

そうか？　まあ、姉さんが使わないっていうならボス退治をする時に使うけどね。

「思えば絆くんは最初から変わった素材を持って来てくれていたね。おそらく同様の武器も何処《どこ》かで手に入りはするのだろうけどこの武器は絆くんが初めて所持したのだろうと私は思っているよ」

ＭＭＯの世界はなんだかんだ広いからなー……どこかで同等の武器をドロップする奴がいても不思議じゃない。

とはいえ、ロミナが作った白鯨の太刀《たち》はこの一振りが最初で、ここまで強化されているのはこの一振りしかないだろう。

しっかりと使いこなせるようにならないとな。

勇魚《いさな》の太刀……またお前の出番だぞ。

と硝子と出会った頃に使い、途中で攻撃力不足から持ち替えてしまった勇魚の太刀が進化した白鯨の太刀の柄《つか》を強く握る。

このゲームは武器を使い込めば使い込むほど、強化に補正が掛かる。

また強化する事が出来るようにしっかりと使うとしよう……大物を捌《さば》く時にな。

「後は武奈伎骨《むなぎぼね》の釣竿《つりざお》とか釣り具だね」

そうして渡された釣竿を確認する。

大鯰《おおなまず》の釣竿に比べると……確かに力強くしなるが……柔らかい訳でもない。

方向性の違いがあるけど問題なく使いこなせそうだ。

「後は釣り糸だね。ルアーを作ってくれた知人に頼んで作成してもらったよ」

と……釣り糸も受け取り確認する。

魚鬼《イトウ》の釣り糸　武器系統　釣り具・アクセサリー
装備条件　フィッシングマスタリーⅨ以上
切断耐性（弱）強度強化（中）伸縮強化（中）
ヌシイトウの力を抽出して糸へと付与した強靭《きょうじん》な糸。柔軟にしてピアノ線を超える強度を誇る。

なんとも頼もしい説明文のある釣り糸だこと……ピアノ線を超えるとかとんでもないな。

現実に存在したらだけどさ。ゲームだから誇張表現にはならないか。

「じゃあこの釣り糸を硝子と一緒に使わせてもらうよ」

「お揃《そろ》いですね」

「そうだな」

エピックのカルミラの釣り糸を持ってるけど、嬉《うれ》しい。ちなみに釣り糸も修理できるゲーム独自の仕様だ。

餌以外は案外使いまわせる。ついでに釣り針を貰《もら》った。

釣り針に関してはルアーにも付け替える事が出来るけど、まあ……ルアーの攻撃力というか性能を少し上げる程度の代物だな。

釣り関連は端材《はざい》で作れる品々ばかりだから目に見えた高性能な代物にもなりづらいのだろう。

俺の装備はこうして新調する事が出来た。

他のみんなもそれぞれ注文した新装備をロミナから受け取る。

闇影がミラカ系の特化忍び装束から別の魚鬼《イトウ》の忍び装束に着替えていた。

鬼っぽい角《つの》が付いた頭巾《ずきん》が印象的だろうか？

何処《どこ》かの和風系の探索ゲームみたいな恰好《かっこう》になったような……そうでもないような。

後は足とか手甲《てっこう》の手前あたりに鱗《うろこ》が付いている。そういう装飾なんだろう。

ウロコと忍び装束のハイブリッドみたいな装備だな。

「どうでござる？　鱗が良い感じにアクセントとなっているでござるな」

「生憎《あいにく》一点ずつしか作ってないから闇影くん好みとなりそうなボーナスは付いていないけどね」

装備の品質が良い時に追加でボーナスが付く事がある。今まで闇影が装備していたミラカ系の忍び装束は魔法系特化のかなり拘《こだわ》った代物だ。

ボーナスを気にせず作ったのだから実のところ、性能的には毛が生えた程度というやや悲しい代物となっている。

「これで良いでござる！　いつまでも古い装備で拙者《せっしゃ》だけ置いてきぼりにされるのが嫌な

のでござるから！」

「闇ちゃんの場合はカニ素材装備で厳選した方が性能は良いのに交換できそうだよねー」

「やるかい？」

ここでアルトがニヤニヤしながら闇影に尋ねる。

「それでもいいぞ闇影」

俺もここでニヤニヤしているとしよう。

何せ闇影はアタッカーとしてはゲーム内でもトッププレイヤーな訳だし、入手しやすい素材で厳選できるなら良いと思う。

「そこまでしなくていいでござる！　作りやすい装備が見つかるまでまた置いてきぼりになるより一緒に好き勝手装備したいでござる！」

「効率的な装備も良いけど変わった装備を使うのも楽しいよねー」

「じゃあ紡は河童着ぐるみでも着てろ」

「ひどーい！　まあネタで使うのは良いけどー重ね装備があるんでしょ？　探してみれば良いよ」

良いのかよ。重ね装備があるなら見た目は気にせずに済むかもな。

闇影は抵抗したけど。

「まあ……あの装備群は派生強化がそこそこあるから使うのも手なのだけどね。ペックル

着ぐるみも別の強化が出来るようだし、使い込んでくれたらやってあげても良いよ」

ロミナが言葉を選びながら俺たちに言ってきた。

「僕が見ても今のところ最強という装備ではなく、ネタにしては強い性能というくらいなんだけど、そっち方面で突き抜けるのも悪くはないかもしれないね」

アルトが援護射撃をしてくる。

「今確認したところだと、闇影くん好みになるかわからないけど忍び河童着ぐるみというのがあるね。おそらく職業系の河童装備になるんじゃないかな？」

「ちなみにどんな感じになるんだ？」

「忍びのコスプレをしたデフォルメ河童の着ぐるみさ。条件素材は……もう少し河童を狩ってきてもらう必要があるけどね。他にもおそらく河童を狩る事で得られる素材から作れるものがあるよ」

「性能は？」

「回避系の装備効果があるよ。闇影くんは忍者スタイルを好むけど魔法使い系だからちょっと系統が違うね」

ちなみに今、闇影が装備している魚鬼《イトウ》の忍び装束も魔法系ではなく素早さが上がる系のボーナスが多いそうだ。

「闇影ちゃんのお古《ふる》をてりすが貰《もら》って忍者プレイしようかしら？　にんにん」

「効率は良さそうだな」

「闇影ちゃんのぬくもりが残った衣装をてりすが着るんだなーんー」

てりすがキモオタムーブをし始めた。悪乗りしてるのわかってるけど闇影が引いてるぞ。

「ちょっと闇影ちゃん。本気にならないでよ。イヤならしないわよ」

「てりすもちょっと悪ふざけが過ぎたな。わりぃな闇影の嬢ちゃん」

「もう！」

「わ、わかったでござる……」

「話は戻して闇ちゃん性能に拘《こだわ》るなら忍者は実は方向性が違うからねー」

「それでいいんでござる！　拙者《せっしゃ》、性能は大事でござるがこのスタイルを変える気はないでござる！」

「手甲《てっこう》と巻物がどうにか魔法向けというところだからしょうがないね。で、どうするんだい？」

「河童は勘弁してほしいでござる！」

闇影も大変だな。

「ちなみに絆くんが着用するクリスマスペックル帽を込みで強化したペックル着ぐるみを着用すれば……わかるね」

アルトが性能談義で踏んではならない話をしてきた。

「こっちは型落ちしているペックル着ぐるみを強化発展させた代物になるよ。同じく職業に派生するみたいだよ」

「戦士ペックル着ぐるみとかか？」

俺の質問にロミナは頷《うなず》く。

「かなり使い込んだ上位の盾《たて》が材料に必要なのだけどブレイブペックル着ぐるみなんてのもあるね。攻撃力は大きく下がるけど防御力だけなら……相当な代物になるよ。帽子と組み合わせれば絆くん達限定でものすごく硬くなれるだろうね」

「だって、お兄ちゃん。作ってもらったら？」

くっ……紡、お前という奴は闇影だけに飽き足らず俺もネタ枠にする気か！

タダでさえ特に戦闘とかしない時はサンタ帽子を着用させられている方の身になれ！

「陣形とか考えるならお兄ちゃんがタンクをしても良いんだよね。ブレイブペックルだって長時間呼び出せる訳じゃないし、硝子さんみたいな弾いてダメージを受けないようにするのとは別に受け止める戦い方ってのも出来るよ」

「いや……俺は戦闘特化じゃないし……前線組みたいな真似《まね》はなー」

「もう君たちが最前線だとみんな思っているけどね」

アルトがなんか言っているけど俺たちはやりたい事をしているだけで真面目に戦闘強化

しているのは硝子と紡だ。

俺はエンジョイをモットーにしている。

「思えば拙者《せっしゃ》たちは最前線なのでござるな」

「全然実感しませんね」

「割と好き放題してて、今のところ敵の強さに壁を感じてるからねー結構ごり押ししてる自覚はあるよー」

それくらい、ミカカゲの湿原は難度が高いのか。

扇子使いで敵の攻撃を弾いて注意を引く、タンク兼アタッカーの硝子。

大鎌を振り回して運動神経で敵の攻撃を避けてバンバン攻撃する超前衛アタッカーの紡。

ドレインがモットーで時々効果的な魔法を放ちつつ回復でサポートをする基本後衛アタッカーの闇影。

中距離からチョコチョコ攻撃するアタッカーのしぇりる。

紡と同じく大鎌で戦う歴戦の猛者《もさ》風《ふう》の前衛アタッカーのらるく。

俺と同じく料理担当で最近は細工にも興味を持っている魔法攻撃担当のアタッカーのてりす。

……みんな揃《そろ》ってアタッカーばかりだな。

俺？　みんなが魔物を倒した後で解体をして素材を確保、釣りをして食料ゲットの料理担当……サポーターとかバックパッカー？

「真面目に連携とかして魔物と戦っている連中が指さして怒鳴りこむくらい酷《ひど》い陣形だな」

「攻撃は最大の防御だぜ！」

「みんな火力バカよねー」

「そもそもお兄ちゃんが言うの？　ペックルを無数に呼び出して一人でパーティー結成しちゃうペックルマスターでしょ」

おおう……なんか俺の自己評価と世間の認識に差異が出ている気がするけど気にしない。

確かに足りない人員はペックルで誤魔化《ごまか》してしまっているような気がするけど、ペックルを使った戦闘って割と忙しくて面倒だぞ。

「そのペックルだってあくまで補佐なんだから今の場所だと結構、戦うのはきついんだぞ」

サポートキャラだけで戦えるほどゲームってのは簡単じゃない。

プレイヤーに比べてペックルは張り合えるほど強力ではない。

ブレイブペックルが辛うじてタンクの代わりになるかなー程度でクリスだって紡の攻撃

に比べたら遥《はる》かに低い。一応、サンタ帽子のバフ効果があってこれなのだ。

「それで着ぐるみを絆殿は着るでござるか？」

「却下、ネタ枠装備を使うのは嫌いじゃないけど強要されるもんじゃないだろ。必要になったら装備するもんだ」

「まあそうだよねー」

「ただ、君たちにはそういった選択肢もあるというだけさ」

「そもそも使い込んだ盾《たて》が必要ってところでねー」

「……そんなに優秀なら私の盾を使ってもらおうかしら？」

ここで空気をぶち壊す提案を不思議と黙っていた奏姉さんがぶちかます。

新参者だからと遠慮をしていたのだろう。

「カトラス欲しがっていたくせにどういう風の吹き回しだよ！」

「今の最適解を考えただけよ。見たところアタッカーばかりじゃない。硝子ちゃんをもっと攻撃に集中させた方が、私が攻撃に参加するよりも良さそうでしょう」

「うーん……」

「何より絆、バランスを考えなさい。今のこのパーティーに足りないのはヒーラーとタンクよ。アタッカーがより効率的にダメージを与えられるようにしつつ回復を重視するの」

現状でヒーラーと呼べるのは闇影とてりすの魔法の一部で、他に回復が使える奴はいないに等しい。

「とはいってもお姉ちゃん。お兄ちゃんと硝子さんと闇ちゃんはスピリットだから攻撃さえし続ければ回復するよ？」

「媒介石装備でHPが出るって話でしょ？　だけどそれだけじゃ稼げないじゃない。だから私が代理でタンクをするの。ちょっとどういった性能があるのかロミナさん教えて」

「ああ……」

ロミナがブレイブペックルの着ぐるみにどんな効果が付くか軽い概要を姉さんに説明した。

「ブレイブペックル着ぐるみには固有技にヒールがあるそうだからちょうど良いわね。ロミナさん、良かったら作っておいて頂戴《ちょうだい》」

……へーそんなのあるんだ？

そういやラースペングーはダークフィロリアルを回復させていたからあり得るのか？

「でも姉さんアタッカーやりたいんじゃない？」

「そう思うなら絆？　アンタが盾技能《たてぎのう》を上げて着なさい」

ゲ！　墓穴《ぼけつ》を掘った！　姉さんの指摘がきつい。

「のどかなPTに奏の嬢ちゃんが来る事で引き締まってきたな」

「あんまり厳しすぎたら注意が必要かしら？」

らるくとてりすが状況を見守っているのを尻目に姉さんが呆《あき》れたように息を吐く。

「って言いたいところなんだけど絆、アンタはダメよ。アンタしか装備できない頭装備のバフが着ぐるみをトッププレイヤーさえ垂涎《すいぜん》にさせる性能にするし、アンタもアタッカー向け。何より技能的に私しか装備できないでしょ」

このあたりの割り切りは実に姉さんらしい。

「安心しなさい。反射効果のある良いスパイク系の盾を装備すれば敵のヘイトを集めながら火力は稼げるから」

反射ダメージで稼ぐ作戦……とはいっても姉さんもアタッカーをしたいだろうに。

「今回は私も入ったばかりの新参だからね。馴染《なじ》む装備もそこまで無いし、アンタ達に譲るわよ」

「奏殿は割り切りが早いでござるな」

何か姉さんにも考えがあるらしい。

なんて感じで姉さんもロミナに装備を作ってもらう事になった。

「そういえばしぇりるは？」

「作業場でずっと何やらやっているみたいだね。言付けを聞いた限りだと第一や第二に行くならここで作業をしているそうだよ」

「つまりしぇりるはこっちでやりたい事があるって訳ね」

今まで巡った所にあまり興味はないって事か。

そんな暇があったら蔑《ないがし》ろにしていた作業を重視すると。

確かにしぇりるは元々船大工でマシーナリーをして戦闘も出来る半製造の海女《あま》という割とやる事が多いポジションにいる。

俺はミカカゲで狩りとかする前にカルミラ島関連のクエストやカニ籠《かご》、釣りなどをメインにしていて遅れはほぼないだろうな。精々解体が遅れがちになるくらいか？

いや、新しい魚とか解体したりしているし硝子たちが倒した魔物なんかも俺は捌《さば》いてきた。

ともかく、こうして姉さんが加入した夜は過ぎていったのだった。

九話　ジビエハンバーグ

姉さんが俺たちの所に来ると決まった後、俺は自室で化石のクリーニングをしてから寝た。

で、朝起きたところで奏姉さんが俺に声を掛けてきて厨房《ちゅうぼう》で調理する事になった。

既にてりすも準備している。

「本当……絆の所は海鮮食材が沢山あるわね。蟹《かに》とか山のようにあるし」

「まあ……」

「みんな飽きてるみたいだし、私も昨日は蟹をコレでもかってくらい食べたから今日は肉とか食べたいわね」

「朝から重くない？」

「ゲームなんだからそんなの気にしてどうするのよ」

こういうのって気持ち的な問題があるんじゃないのか？

「城の食料庫にある食材は……っと肉もあるじゃない」

「ああ、狩猟で毎日少しずつ狩っているやつな。後は魔物とか解体して得た土産とか

「……」

「じゃあこのあたりで作るのが無難ね。安直にステーキってのも良いけど、今日は絆に連携技……私が入って練習をしようかしら」

「料理の連携技ねーてりすとやる時はなんかシステムがササッと発動するんだよな」

「技能によるけど、料理の場合は当然だけど料理技能が高い人物が必要ね。今回は私と絆、てりすさんね」

「硝子たちも少しは持ってるはずだけどな」

蟹《かに》の加工業務で料理に関する熟練度は稼いでいるとは思う。

「これだけいれば発動可能ね」

「一応ブレイブペックルは料理能力が高い。他に料理が得意なコック帽子装備のペックルで良い？」

「ペックルで代用すると相応に出来る代物が下がるけど、絆はペックルの能力を上げられる装備を付けてるそうだし問題ないのかもしれないわ」

奏姉さんは厨房《ちゅうぼう》で肉をドンとまな板に置いて包丁を手慣れた感じで取り出して握る。

「それじゃ料理をするから、絆とてりすさん……私に合わせてミニゲームに参加してね」

そう言って奏姉さんは肉を前に料理技能を起動させてミニゲームモードに突入した。

合わせて俺も料理技能を起動させると視界にＣｏｏｐｅｒａｔｉｏｎ！　って表示が出

て姉さんの作成しようとしている作業の一部に参加する事になった。
姉さんが大きな肉を切り分けたかと思うと、器用に俺の前に切り分けた肉を出したので
その肉を……挽肉《ひきにく》にすれば良いみたいだ。
「絆、手抜きしてミートチョッパーとか持ち出しちゃダメよ。ちゃんと包丁で挽肉にする
ように」
「わかってるよ」
手持ちの包丁……向いているのは無難に魔法鉄の熱牛刀で俺は肉を細かく切っていくミ
ニゲームに集中する。
「玉ねぎは任せて」
てりすは玉ねぎをみじん切りにして炒めている。
その間に姉さんは肉を別の形に切り分けてブレイブペックルやコック帽子ペックルに指
示を出していく。
「出来たよ」
「ええ、作業を継続しなさいよ」
順調に挽肉にする作業をしていると姉さんは挽肉を受け取りボウルに投入して卵と塩コ
ショウを入れてこね始める。
俺の方は切り分けた野菜と肉をブレイブペックルとコック帽子ペックルが煮込んでく

……火の通りが早い。

「こっちは簡易のルーも用意されていて過程を省略できて良いわよね。実にゲームらしいわね。絆」

「ま、まあ……」

ブレイブペックルに煮させている鍋に姉さんはインスタントらしきルーを投入する。

醤油とか調味料はゲーム内で購入できるからこういうのもあるんだよな。

匂いからしてカレーじゃないな。色は焦げ茶色なんだけど……ビーフシチューかな？

こね終わった肉を小判型にしたタネを熱したフライパンに入れてフランベしながら火を通して蓋《ふた》をする。

ビーフシチューらしき料理の鍋を二つに分け、一つは具がない形で煮込んでいる。

「奏ちゃん慣れてるわね。そこまでアレンジしちゃうのは驚きよ」

「まあね」

こりゃあ相当アレンジ効かせたレシピで作ってるな。

姉さんの料理技能……結構高めのようだ。

「それだけ料理できるくらいにはスキルLv上げてるのに、なんでカニバイキングで食べてたんだよ」

「うるさいわね！　自分で作るよりも楽だったたし贅沢《ぜいたく》できたからよ！　良いからアンタは

鍋を煮込んで目を離さないようにしなさいよ。それと余計なものを投入したら殺すわよ」

俺のクレームを怒鳴って言い返した姉さんだったけどその手はまるで止まらない。

くっ……俺がここで具材に魚介類を入れようとしていたのがバレた。

「完全に見破られちゃってるわね絆ちゃん。てりすより息が合っててやっぱり姉妹なのね」

「弟！　姉妹じゃなくて姉弟だから！」

姉と弟で「きょうだい」とも言うんだぞ！　他に「してい」「あねと」とか読むらしい。

「なんか凄《すご》く良い匂いがしますね」

「魚じゃない良い匂いーお腹《なか》が減っちゃうね」

「今までの料理も悪くなかったでござるが匂いだけで魚料理以外が出てくるのがわかるので楽しみでござる」

魚ではない匂いに釣られて硝子と紡、闇影が城の食堂にやってきた。

のぞき込むとロミナやアルト、らるくも既に待っているようだ。

しぇりるは……相変わらず工房に籠《こも》りきりか、後で差し入れをするとしよう。

「はい完成。絆、サッサと持って行きなさい」

とん……っと、出来上がった料理の説明が俺の視界に表示される。

上級・デミグラスジビエハンバーグ＋9
野生の肉を職人たちが力を合わせて調理した珠玉の逸品。デミグラスソースが食材の味を引き立て食した者に活力を与える。
食事効果　HP60％回復（クールタイム6時間）腕力向上120
体力向上100

人数が増えてきたから中々効果が高いのが出来たな。

「他にビーフシチューも作ったから良ければ食べて頂戴《ちょうだい》。ご飯もパンも用意してるわよ」

と、コック帽子ペックルが米とパンの両方を持って来てみんなの前に置いた。

「奏殿の方が何倍も料理技能が高いのでござるか？　魚料理ばかり食べていた所為《せい》でより美味《おい》しく感じるでござる」

「私も本業の人には劣るわ。絆やてりすさん、参加させたペックルの技能のお陰ね」

俺も一応奏姉さんの補佐的な感覚で料理を手伝っていたもんな。

「ロミナさんクラスになると一人でもこのあたりは出来たりするけど、連携技を使うと安易にここまで出来るって話な訳、それじゃいただこうかしらね」

「わーい！」

「いただきまーす！」

「いただきます」

と、俺たちは出来上がった料理を口に入れる。

やっぱり俺一人で料理するよりも数倍、深みがあって味わい深い。

米が幾らでも入りそうなくらい、ハンバーグから肉汁があふれてくるし、デミグラスソースの味もコクがあるように感じる。

「おいしい！　何杯もご飯が入りそうだね！」

「良い味をしてます」

みんなで思い思いに出来上がった料理の味を楽しむ。

ブレイブペックルが気まぐれに作る料理に近い精度だぞ。回復量や料理効果も高いから良い事尽くめだ。

夢中で食べている連中の中、アルトは黙々と食べている。

「アルト、食べ慣れてる感じだな」

「美味しいし、中々悪くないんじゃないかな？　僕は料理人に食べさせてもらう事があるし、お金を積んで食べたりもしてるからね」

美食もしてるのか。いつの間にとは思うけど敵情視察とかか？　カニバイキング店で働かせている料理人とかもいるだろうし、情報屋として知る必要はある感じかな。

「中々この領域には来れないものだけど、絆くん達なら出来てしまうのだね」

「数はこなしてるからな」

　魚料理だけは自信があるぞ。

「それじゃ私は早速アルトさんの所で仕事をさせてもらおうかしらね」

　食事を終えたところで奏姉さんが告げる。

　うーん……本人も覚悟があるから良いのかなー？

「では見送るとしようか」

「拙者《せっしゃ》たちはこれから第一と第二で狩場巡回でござるよ」

　ロミナが姉さんを見送る事を提案したところで闇影が念押しをしてくる。

　そんなにも蟹《かに》の委託業務に巻き込まれるのは嫌か。

「わかってるって」

「あ、絆の嬢ちゃん達、悪い。俺はちょっと別行動させてもらって良いか？」

　らるくが申し訳なさそうに言ってくる。

　おや？　俺の釣りを見て面白い事が無いかを確認するんじゃなかったのか？

「良いと思うけど、もしかして昨日のアレ？」

「そういうところだぜ。第一都市から別行動させてもらうわ。てりすはロミナの嬢ちゃんの所で細工してて良いぜ」

「わかったわ。てりすも手伝わなくて良いの？」

「ああ、問題ねえよ。次のディメンションウェーブイベントまでには帰るからよ」

何やららるくはオルトクレイに頼まれた用事があるらしい。

「あ、絆の嬢ちゃんなら何か変わった事が起こるかもしれねえ場所があるから教えとくぜ。後で話をしてくれよ」

「ああ……」

「第二都市の――」

と、らるくに第二都市で調べてほしい場所を説明された。

そんなに気になるなら後ででも良いと思うのだが……まあ、次に回るのは先になりかねないって事かね。

「それじゃ行くわよ」

らるくから話を聞いたところで姉さんが立ち上がる。

「じゃあ港まで一緒に行くか。しぇりるは来なかったな」

「まだ工房に籠《こも》って何か作っているね。差し入れはしっかりと食べているよ」

「大丈夫かなー……」

なんか病んでそうな空気がしぇりるからあるんだよな。

「彼女は船造りが本業だからね。少しサボり気味だったから頑張っているのだろうさ」

人間一人じゃ出来る事が限られてくる……ＭＭＯだと特にな。

ロミナが支えてくれているから本当、助かるなぁ。

「細かい事は後で拙者《せっしゃ》がしぇりる殿に教えておくでござるよ」

「闇ちゃん、しぇりるさんと話してる時あるもんね」

「俺もしてるが……」

「しぇりるの嬢ちゃんは自身で課してる制約があんだよ。その制約の範囲外に闇影の嬢ちゃんや俺がいて話をしちまってるのさ」

なんかよくわからん縛りをしぇりるはしているっぽい？ 大丈夫なのか？

「しぇりる殿は絆殿との話を心地良いと言っていたでござるな。気になっても踏み込んでこずに気を使ってくれているのがわかると言っていたでござるよ」

闇影ってしぇりるとそんなに仲良かったのか？

まあ、死神をしていた頃に厄介《やっかい》になっていたんだから当然か。

しぇりるって、時々発音が良い英語を喋《しゃべ》ってるから……リアルは多少察する事は出来るんだけどな。

そこを踏み込むのは野暮《やぼ》ってものだ。

現にみんな俺や姉さんや紡に関して本名を聞いたりしないし。

なんて話をしながら俺たちは奏姉さんとアルトを見送りに港まで来た。

「それじゃ絆、あなたしか出来ない連携技とか他にも探してみなさいよ。きっと何かあるはずだから」

船に乗り込む奏姉さんが俺に告げる。

「俺が出来る連携技かー……」

俺の得意な事とは言うまでもなく釣りだ。何か釣りで連携技が出来ないのか？

手本として奏姉さんが実践してみせてくれたけど、連携のアイコンが出ないと出来ない。

で、硝子と一緒に釣り場で竿《さお》を振っていても連携は作動しなかった。

フィッシングコンボともまた何か違うって事なんだろう。アレもある意味連携だとは思うけどな。

釣り……みんなでやる事……カニ籠《かご》といったところでピンと閃《ひらめ》く。

「硝子、それと闇影と紡ーらるくやてりすは……技能が心許《こころもと》ないな」

ここは一緒に楽しんでいる釣り技能が高い硝子と、必然的に上がってしまっている闇影と紡に声を掛けるとしよう。

ついでにペックルもこのあたりの技能は高いから想像通りなら上手《うま》くいくはずだ。

「なんですか？」

「激しく嫌な予感がするでござるがなんでござる？」

「お兄ちゃんから嫌な気配がするね」

「お？　何か面白い事をするのか？」

「何が出るのか楽しみね！」

「ちょっと閃《ひらめ》いたから連携が出来るかどうか手伝ってくれ」

と、俺は船に乗り込んだ。

「何を始めるのか、見物《みもの》だわね」

「絆くん達の連携技がどんなものか」

奏姉さん達が高みの見物とばかりに答えたのが印象的だ。

まあ見てろって、何となく出来そうな気がする。

†

「オーエス！　オーエス！　もっと力の限り引けー！」

俺たちは島の海岸で二本の綱を呼吸を合わせて引いていた。

一本を俺と硝子、そしてペックル。もう一本は闇影と紡に、もちろんペックル。

「呼吸を合わせて引くんだぞー」

「こ、これも、共同作業でござるが……やりたくないでござるよ！」

「良いから黙ってやれ、俺たちのコレまでの努力で最も効率良く出来る連携技だぞ」

「こんな連携技嫌だよー！　もっと戦闘で貢献できるやつが良いのにー！」

闇影と紡がブツブツと抗議しているが、しっかりとＣｏｏｐｅｒａｔｉｏｎ！　って表示が出たのでコレが正解だったんだ。

「ははは！　さすがは絆の嬢ちゃんだぜ！」

「そうね！　期待通りにやり遂げたわ！」

らるく達が俺たちの様子を見て機嫌良く声を上げる。

「なんか釣りマスター達がまた何かしてるな」

「絆ちゃん達がまた可愛《かわい》らしくしているでござる」

闇影じゃない奴がまた俺に萌《も》えを感じてやがる。お前は俺が何をしても萌えるんじゃないのか？

「海岸で綱引き？」

「なんかテレビとか動画で見た事あるやつだ。何だっけあれ？」

島にいるプレイヤーも俺たちを見ながらブツブツと話しているが、今はとにかくこの綱を引き終える事が重要だ。

「これが皆さんとの共同作業ですか……船造りをする時みたいなのとも異なりますね」

「まあなー」

「あと、これって釣りというより罠寄《わなよ》りな連携技なのでは？」

「……かもな」

一応釣りで罠《わな》って事なんだろう。

さて、俺たちが行っている連携技が何であろうかというと、地引《じび》き網《あみ》という沿岸漁業である。

「ペーン！　ペーン！」

ペックル達も綱を引く手伝いをして声を出している。

ミニゲームのアクションは適切なタイミングで綱を引く感じだな。

ある意味音ゲームみたいな側面があるかもしれない。

タイミングが合ったら力の限り引く。これで網がどんどん岸に近づいてくる形だ。

「拙者《せっしゃ》たちは一体何をやらされているでござるか？　カニ籠漁《かごりょう》よりもシステム的に認められて嫌でござる」

「奥深いにしたって限度があるよね。頭おかしいよこのゲーム！」

「良いから黙って手伝え！」

徹底したカニ籠漁によって上がった熟練度で最も効率良く出来る連携技だぞ。

と、闇影と紡が嘆《なげ》く中で俺たちは綱引きを完遂させると、ミニゲームの終了を告げる告知が表示され海面から出た網からキラキラとした輝きを見せながら大量の魚が出てくるエフェクトが発生してリザルトに入った。

よし、連携技は大成功だ！　何が手に入ったか確認するぞ。

ピロンと音がして大量の魚……単純に釣り糸で引っかからない魚がかかっているようだ。

見覚えのない魚がチラホラ確認できる。

スリープヒラメ？　ボマーフィッシュ……ニードルメゴチ……シルバークエ。

結構色々と魚が見つかるな。

他に換金用らしき沈没金貨や銀貨なんかも混じっていて、パイプ……空き缶なんかも混じっている。

あ、ヌシ素材を解体した時に手に入る低級王者の鱗《うろこ》とかが混じっている。

ヌシを釣れなかったプレイヤー救済も兼ねている連携技って事か？

検証次第だけど馬鹿に出来ないぞ、これ。

「単純に船の投網《とあみ》じゃ手に入らない品やヌシ素材とかが手に入るみたいだな」

個人的には奇妙な魚でも釣り上げたい。

「発見の連続で面白いぜ」

「この魚、これで手に入れるのね。クエストにあった覚えがあるわ」

何やらららるく達が見つけたクエストにあるっぽいな。

じゃあ勝手に使ってもらっても良さそうだ。

「いやー……絆くんなら何か変わった連携技を使いそうだと思っていたけど徹底しているね」

「徹底しすぎでござるよ。そして拙者《せっしゃ》たちも連携技の組員に巻き込まれているのが悲しいでござる」

「そうそう」

「まあまあ……色々と取れましたね」

「ああ。悪いとは思わないが釣りの醍醐味《だいごみ》が少し損なわれているのが残念と言えば残念だな」

俺は釣りをしたいのであって漁師でありたい訳ではないのだ。

まだ見ぬ強力な魚を釣り上げるのが俺の目的だ。

「ただ、かなり便利なのは間違いない！　みんな、もう少し検証のために続行するぞ！」

っと再度連携技を使おうとしたところで視界に再使用時間が表示されてしまった。

……6時間ほどか。

「再使用するのに6時間掛かるみたいだ」

「技能系の連携技の中には再使用するのにクールタイムがあるらしいね」

「料理とかの連携技はクールタイム短めだけど、その地引き網は6時間掛かるって事なんでしょ」

「大量に取れすぎる事によるバランス調整なのではないかい？」

「今更でござると強く拙者は思うでござるが？　主に絆殿が各地に設置している代物に関して」

「そうそう」

闇影と紡が露骨にカニ籠漁《かごりょう》へのバランス調整を要望している。

気にすんな。アレはアレで取れる魚とか限られてるんだ。ゴミも結構取れるんだぞ。

「あんな連携技あるんだな。釣り系……だよな？　今度みんなでやってみるか」

「面白そう。トリガーとなるスキルがフィッシングマスタリーだけじゃないよな。船操作系か？」

と、俺たちから離れた他のプレイヤー達が考察をしている。

具体的にはフィッシングマスタリーとトラップマスタリーが主だな。

他に当然の事ながら舵《かじ》スキルも必要だ。

みんなで協力して事を成す事で手に入るってのは中々奥深いと思う。

「より検証を深める場合は、場所によって何が取れるかも確認だね」

「そうだな。第一都市の港から海沿いに海岸があったし、ミカカゲ方面にも海岸がある。他にも各地の小島なんかでも出来そうだ」

闇影と紡が聞こえないとばかりに耳に手を当てているが余裕があったらするぞ？

何か良い素材が見つかったら良い感じの装備をロミナに作ってもらえる可能性があるんだからな。

「絆さん。このニードルメゴチって投擲武器《とうてきぶき》として使えるみたいですよ？　攻撃力が記載されてます」

「イカを無理矢理バリスタに載せて代用できたけど、こっちはしっかり武器扱いなんだな」

「クナイ投げみたいに投げるでござるか？　鋭いのは認めるでござるが締まりが無いでござるよ」

「本当、お兄ちゃんと一緒にいるとネタ武器に事欠かないね。何処《どこ》かに凍ったままの魚で武器に出来るのとか釣れそう」

と、紡が呟《つぶや》いたところで硝子が苦笑いを浮かべていた。

あり得るよなーネタ武器って馬鹿に出来ないのがこのゲームだ。

河童装備が物語っている。

「それじゃアルトさん。行きましょうか？」

奏姉さんが馬鹿な事をしている俺たちを尻目にアルトに出発を促す。

「そうだね。じゃあ、ちょっと行ってくるとしようか。絆くん達は当初の予定通り、今までの狩場巡りに行くんだろう？」

「ああ、今までの狩場……海岸で地引き網をする」

「違うでござる！」

闇影のツッコミが早いなー。

「冗談だよ。いい加減そろそろ次の波が来そうだし色々と準備していくさ」

時期的にはいつ来てもおかしくない頃なのだ。

なので今まで硝子の提案通りに俺たち自身の底上げをしていきたい。

「それは何より。じゃ、僕たちは行くとしようか」

「じゃあね絆。あんまり釣りばかりしてないでやる事をやるのよ」

という訳で奏姉さんはアルトに連れられて船で出発していった。

「これで拙者《せっしゃ》たちの仲間が増えるでござるな」

「うん。お姉ちゃんも仲間になるね」

「あなた方は……」

こうして腹に一物を抱えた連中に硝子は呆《あき》れたような声を出しつつ俺たちは第一都市へと向かったのだった。

十話　狩場巡り

「第一都市に来るのも何となく久しぶりな感じがするな」

「そうですね。もう随分と昔に感じます」

「それだけ色々とあったでござるよ。ゲーム開始当初に比べると活気も落ち着いているでござるな」

「拠点にするには悪くないけど今はもうカルミラ島やミカカゲにみんな移っちゃった感は否《いな》めないね。それでもそこそこプレイヤーはいるみたいだけど」

忘れがちだけどディメンションウェーブはセカンドライフプロジェクトという第二の人生を楽しむゲームだ。

魔物退治をして波というイベントをクリアするために強くなる事だけが目的ではない。

住みやすい街で住居を購入して住むなんて事も出来る訳で……そういった意味で最初の街である第一都市ルロロナは施設の使いやすさなどもあって今でも使っているプレイヤーはそこそこいるんだろう。

「お兄ちゃんは確かこの辺りでずっと釣りをしてたんだっけ？」

「元々釣りが目的だった訳だしな」

「ゲーム開始からずーっとここで釣りをしていたでござるか？」

「まあ……少なくとも二週間くらいは」

「そうだぜ。俺も最初はＮＰＣかと思った」

らるくが補足してくる。確かにあの頃、らるくと知り合ったんだもんな。

「絆殿は初めからそうなのでござるな」

懐かしい釣り場だ。ニシンを釣るならここが良いだろう。

ここのヌシも復活したのかな？

「お兄ちゃんのファンクラブはここで釣りしてたんだっけ」

うっ……嫌な話を思い出させてくれる。

「ここの釣り場は絆さんからするとどうなんですか？」

「最初の街だから釣りの入門としてもおすすめだな。釣れる魚はニシンを中心とした魚だ。夜は空き缶が釣れるぞ。他の場所でもそこそこ釣れるけど」

「お兄ちゃんが釣った空き缶で初期はみんな鉄装備を高値で買ってたと思うと複雑だよね」

「そのようなやり取りがあったとは聞きましたね」

紡や奏姉さんは元が空き缶の装備をしばらく使っていたらしいな。

「硝子と闇影はあの頃は鉄装備使ってなかったのか？」

「鉄扇《てっせん》を一時期使ってましたけどすぐに変えましたね」

「拙者《せっしゃ》は木製の杖《つえ》を使っていたでござる」

まあ、闇影はドレイン忍者だから金属製の装備は後回しにしたのか。

「それでお兄ちゃん、初心に帰るとかでここで釣りする気？」

「えーっと……まずは狩場を巡りたいです」

紡のセリフに硝子が提案をしてくる。

「ここのヌシは既に釣った事あるし、何か別の大物がかかる可能性はあるけど硝子との約束が先だろ」

みんな俺をどこでも釣りをするアホとしか思ってないだろ。

「そもそも俺にはカニ籠《かご》があるんだぞ！　ここでも設置をするほどだ！」

ドンドンドンと俺は港沿いに補充したカニ籠を設置しておく。

「これである程度釣れる魚をカバー出来るな。釣り具を強化した事で釣れる魚のチェックは後でも良いだろ」

あの時はそこまで強力な釣り具を持っていなかったからな。

前より大物が釣れる可能性は捨て切れない。

「そもそも気になったのですけど釣れる魚って潜って確認とか出来ないのでしょうか？」

「素潜り漁はあるから出来ない話ではないがな……」

しぇりるが素潜り担当だ。俺も技能の条件を満たしているからそこそこ素潜りは可能だ。

先ほど話していたペックル着ぐるみとか装備すればよりやりやすいだろう。

「ただ、条件によって増える可能性だってある」

少なくともブルーシャークの時は港にいたら一発でわかったはずだし。

「フィッシングコンボが発生したらどうなるかわからないな」

「奥深い話ですね。カニ籠では得られない魚もいるという事ですね」

「そうなる……ま、今はその確認は後回しにするさ」

「お兄ちゃんも義理堅いね」

「では狩場に行くでござるな」

「んじゃここで俺は行くぜ」

「ああ、らるく、またなー」

そんな訳で第一都市を出たところでらるくと別れた。

†

「戦った事のない魔物を重点的に巡るのですがまずは何と戦いましょうか？」

フィールドに出たところで硝子がどうするか提案してくる。

「そう言われると漠然としてるな」

「フィールドは広いでござるからなー」

「硝子さん。お兄ちゃんがいるんだよ？　ここは確認のために聞かなきゃいけない事があるよ」

なんだ？　俺がいるからこそ聞かなきゃいけない話って。

「え？　何か問題が？　確か絆さんは私と出会うまで海方面以外で第一都市を出た事が無いとおっしゃってましたけど……」

「となると……お兄ちゃん。硝子さんに会うまでに戦ったのは？」

「ラファニア草原でコモンウルフを狩って、行けそうだとそのまま進んでいった」

「ゴブリンアサルトと私が戦っている時に出会いましたね」

懐かしいなー。

「ちょっと待つでござる。絆殿……もしやダンボルを知らない訳ではないでござる？」

「ダンボル？　なんかどっかで聞いた覚えがあると思うけど……よく知らんな」

「ここからかー……となるとクローラーも知らないね」

紡と闇影が俺の知らない魔物名を言ってきた。

「トレントは拙者《せっしゃ》たちも戦ったでござるな」

「常闇《とこやみ》ノ森で闇影と出会ったな」

「となると……うん。お兄ちゃん本当、第一と第二都市近隣の魔物を知らないみたいだね。硝子さんや闇ちゃん。ダンボルから狩っていった方が良いよ」

なんか俺の引き上げみたいになってないか？

エネルギーの限界突破の条件稼ぎだけどさ。

「そうでござるな。とはいえ今の拙者たちなら騎乗ペットであっという間に必要数を倒せると思うでござるよ」

今の俺たちは騎乗ペットという速い移動手段を持っている。

目当ての魔物を探す索敵《さくてき》など、お手のものだろう。

「まあ……ダンボル草原に行った方が良いかな？　あそこなら運が良ければラブリーダンボルとか、エンジェルダンボルとかボス系も時間湧きするし」

「なんだその妙なフレーズ……そんなフィールド無いぞ」

「プレイヤー間で言われている俗称の狩場だよお兄ちゃん」

ああ……オンラインゲームだとわかりやすい名称とかあるもんな。

「ちなみにクローラーのドロップには糸があるでござる。これを布に加工する事が出来るのでござった。あの頃はみんな勝手がわからずクローラーは無数に狩られたでござるよ」

「今は？」

「カルミラ島でも農業の一部で産出される植物由来の布にシフトしたでござる。クローラーの糸の性能はそこまで高くないでござるからな」

なんか色々と複雑みたいだ。

「糸ならジャイアントスパイダーあたりがもっと落とすし性能が上らしいからねーお兄ちゃんがいれば解体でスパイダーからもっと採取できるんじゃないかな？」

うわ……蜘蛛《くも》の解体とかもあるのか……カニを解体する感じで出来るかな？

しかし、蜘蛛を解体して糸を得るって何か間違っているような気がしなくもない。

「蜘蛛山脈のドロップ品で私は装備を揃《そろ》えましたよ。着物が肌に合うので」

「あー初期ドロップで着物はそのあたりのだったね。お兄ちゃんに貸してた羽織りもそこの中ボスがドロップするやつだったよね」

「はい」

うーむ……硝子たちの軌跡を聞くのもなかなか興味深いな。

硝子に借りてた羽織りはそこの中ボスから得たものだったのか。

「とにかく、まずはダンボル草原から巡っていくのが無難だね。倒せる相手は全部倒していこう」

って感じで紡が先頭に立って騎乗ペットの犬に跨《また》がって走って行く。

　その後を俺たちもすかさず追いかけて草原に到着した。

「ここからがダンボル草原、ダンボルの生息地だからしっかりと確認してね」

「確認って……なんかいるな」

　四角い箱みたいなのがピョンピョンと跳ねている姿が確認できる。

　箱の上にはダンボルと書かれていて……というか段ボールにしか見えない。

「段ボールの魔物だからダンボルってか？」

「そんな感じのネーミングなんじゃないの？」

「安直な……」

「これがこのゲームで最弱の魔物の一種のダンボルって魔物ね。他にコモンウルフにクローラーがゲーム開始当初にプレイヤーが戦う相手なんだよ」

「そ、そうか」

　跳ねまわるダンボル達を俺は見つめ続ける。

　あれがこのゲームのマスコット的な魔物なんだろうか？

　どちらかと言えばまだペックルの方がマシに見えてしまうんだが……。

「ダンボルマニアなんてプレイヤーもいるらしいでござるな」

「みたいだね。ダンボルのドロップ品である段ボールを集めて段ボール装備なんてのを初期にやっていた人がいたよ」

「見た感じ子供の作った装備といった出《い》で立《た》ちだったでござるなー……」

なんか思い出に浸るように闇影が呟《つぶや》いている。

硝子も見覚えがあるって感じで苦笑しているぞ。

俺はその話を聞いた瞬間、謎の外国人がロボットの名前が書かれた段ボールを着けている姿を想像したがな。

「あんなの見た事もなかったぞ」

「海の方じゃ全然いないからこの大陸限定の魔物なのかもしれないね。とにかく、ここは大体のダンボルを網羅した狩場だからお兄ちゃんは突っ走って片っ端から倒して回ると良いよ」

「わ、わかった。って俺一人で大丈夫なのか？」

「お兄ちゃん……今の装備でダンボルに負けるなんてあり得ないから、刃先を当ててるだけで勝てるし、お兄ちゃんならルアーを当ててるだけで即死させられると思うよ」

なんかすごく面倒くさそうに紡に言われてしまった。

「そうでござるな……正直に言えば騎乗ペットで跳ね飛ばすだけでも倒せると思うでござる」

「そこまで？」

硝子に念のために確認すると頷《うなず》かれてしまった。

「あまり無意味な虐殺を私は好まないのですが絆さんが強くなるためですからね……一通り回ってみてください。どうやらプレイヤーも殆《ほとん》どいないみたいですので大丈夫でしょう」

「昔はここも賑《にぎ》わっていたのか？」

「絆さんと出会った頃はそれはもう……人気狩場の一つでしたよ？」

「効率の良いパープルダンボルがいたからねー初期だと鉄鉱石を極々稀《ごくごくまれ》に落としたからみんなこぞって狩ってたよ。お兄ちゃんが空き缶でインゴットを売り出すまでだけどね」

狩場に歴史ありか……なんとも物悲しいな。

「それじゃあ絆さんの討伐カウントを稼ぐためにみんな分かれて狩りましょう。絆さん。ここにいるダンボルの討伐を殆ど満たせたら連絡をお願いしますね」

「はーい」

なんかみんなにパワーレベリングしてもらいに来たような感じがしてきた。

「ま……30分あれば十分だと思うけどねー」

そして俺たちは通称ダンボル草原を駆けまわった。

俺の騎乗ペットは俺を片手で支えながら風のように駆けていき……ダンボル達を跳ね飛ばしていく。ピョンピョン跳ね回るダンボルは騎乗ペットに蹴られて目をバツ印に変えて転がったり、砕けたりしていた。

硝子たちによるとダンボルは別に解体とかするほどのものはないとの話だ。

「ペン」

あ、ブレイブペックルを連れていたのを忘れていた。

頭と腕、背中にダンボルが器用に噛《か》みついているけどケロッとしている。

「ペーン！」

ブレイブペックルは引っ付いたダンボルを他のダンボルに投げつけて同士討ちをさせていた。

なんか妙なギミックを持っているな……とりあえず今はいなくても良いからとブレイブペックルに休養指示を出しておく。

さて、一応一種類ずつダンボルの解体を軽くしたのだけど、ダンボルの欠片《かけら》とかダンボルの皮ってのが手に入るな。ぶっちゃけ段ボール紙一枚って感じで使い道は繋《つな》ぎ合わせて段ボール箱にするしかないだろう。

ロミナに後で聞いたところ、ミカン箱のテーブルという家具やら収納ボックスやらが作れるとかなんとか。

現実の段ボールと異なり水には多少強いそうだけど……強度はお察しって感じだった。

なんて思いながらダンボル草原を巡っていると……ハート柄の……なんか大きなダンボルがいる。しかも無数にダンボルを連れてて……取り巻きって感じだ。

名前は……ラブリーダンボル。

俺でも勝てるとか言ってたけど……大丈夫なのか？

念のために白鯨《はくげい》の太刀《たち》を取り出して大きなダンボルに向かって突撃！

「おー！」

ピョーンと俺の騎乗ペットは高らかにラブリーダンボルに向かって走りだし、俺は白鯨の太刀を構えて切りかかった。

ズバァッと一太刀で取り巻きのダンボルを仕留め、二撃目がラブリーダンボルに命中。

ドッス！　っと深々とラブリーダンボルに白鯨の太刀が食い込んだ。

「クレーバー！」

まだ動きだしそうだったので解体スキルを発動させて強打する。

ドン！　っと衝撃が走ってラブリーダンボルが弾けてしまった。

攻撃が強すぎたか？　確かにボスっぽいのに弱い魔物だったなー。

と思っているとラブリーダンボルの体というか顔がヘロヘロと地面に落ちる。

近くにイチゴと……結晶が落ちているので拾う。

ショートストロベリーとラブリーダンボルの魂結晶《こんけっしょう》ってアイテムのようだ。

ボスドロップってやつかな？　念のためにラブリーダンボルの体を解体できるか確認。

ラブリーダンボルの皮か……とにかくもったいないから持ち帰ろう。

　そんな感じでダンボル草原で俺はダンボルを狩り、限定解除の条件を満たした。

　30分して集合地点に戻る。

「どうだったお兄ちゃん？」

　なんか紡の頭に羽を模《も》した髪飾りがついている。

「あ？　これー？　ダンボルのボスが結構高めにドロップするやつだよ。デザインが良いから初期は人気があったんだ」

　どうやら紡たちはボスを見つけて速攻で仕留めてしまったっぽい。

「確かにただ走って回るだけで良い場所だったな」

「これでダンボル系は大体網羅したと思うよ。中ボス系も私たちが倒したし……ラブリーダンボルはお兄ちゃんが倒したんだっけ？」

「ああ、簡単に倒せたな」

「開始当初はちょっと強い魔物って感じだったんだけどねー。今の私たちからしたらこんなところなんだろうね」

「ショートストロベリーってイチゴとラブリーダンボルの魂結晶ってのが手に入ったぞ」

「どっちも確率そこそこのプチレアだね。ショートストロベリーは確かデザートとかの材料だったっけな？　ラブリーダンボルの魂結晶って確か最初のアップデート後にドロップするようになったスピリットの媒介石の素材らしいよ」

「となると俺たち向けのか」

「趣味用品ってくらいの媒介石にしかならないみたいだけどね。詳しくは知らなーい」

まあ……そうだよなー。

後でロミナに聞いた話だと戦闘系の技能が低いほど性能アップっていう救済系の媒介石だそうだ。

ただ、上限は言うまでもなく低く実用的かというと無理な類《たぐい》のネタ装備に等しい代物だ。

「硝子もここで戦って稼いだのか？」

「少しだけ戦いましたけど、歯ごたえが無くてすぐに次の場所に移動しました。あ、でも扇子はここで出たものをしばらく使ってましたよ。ラブリーダンボルのドロップでしたね」

硝子は戦闘センス高いもんな。

あまり長居はしてないけど扇子はしばらく使っていたのね。

「どんな扇子？」

ＬＯＶＥと書かれたハートマークの扇子を硝子は見せてくれる。

ラブリー親衛隊扇子……完全にネタ装備だ。

ちなみに俺が解体で得たラブリーダンボルの皮でも作成できるらしい。

武器としての効果はクリティカルで相手をわずかにスタンさせるとかそういう代物だそうだ。硝子なら的確に使いこなしていたんだろうなぁ。

「使っていた頃の硝子を見てみたかったな」

「やめてくださいよ。今だと結構恥ずかしいんですから」

「確かにこれはねー。お兄ちゃんのファンクラブに転売したら売れるかな？　絆ちゃんが確保した応援扇子だよー！　って感じで」

「おいそこに繋《つな》げるのやめろよ。アルトじゃあるまいし」

後日注意する事なのだが俺の持ち帰ったラブリーダンボルの皮で作られた扇子と羽織りがファンクラブに転売された。

死の商人は売れるものなら何でも売りやがるな！　アイドルのライブじゃないんだぞ。

「それじゃダンボルの次はクローラーの方に行こうか、今日だけでも回れる所は全部回るよー！」

「そんなスパルタをしなくても良いんだがー」

むしろ俺としては今まで行ってない釣り場の方が気になるんだけどな……。

「良いから行くーお兄ちゃんはついでで硝子さんと闇ちゃんの底上げが目的なんだから」

足を引っ張るなって言いたいのか？　エンジョイ釣り勢を捕まえてスパルタな事で。

とはいえ、エネルギーとかマナの底上げをしておけば行ける所は増えるから良いか。

一応解体技能の限界突破条件も似た感じに種類をこなすのが増えているもんな。

まあ……やっていくかって感じで初心者用の狩場を俺たちは文字通り駆け抜けていった。

正直に言えばパーティーで必要数を狩っていくのでかなり効率的に動けていたのではないかと思う。

十一話　ダークサーモン

そんなこんなで……一旦休憩とばかりに第二都市へと立ち寄った。

「えっと、らるくが教えてくれた場所はここだけどー……」

第二都市の一画にあるＮＰＣもあまりいない古びた寺院らしき場所に来て俺はらるくに言われた代物を探す。

何やら寺院の壁に妙な文字があってＮＰＣが読んでくれるそうなんだけど。

「このような場所があるのでござるな」

「第二都市はしばらくいたけど知らなかったね」

「らるくさん達は色々とクエストを探すのが好きな方なので町の隅々《すみずみ》まで巡っていらっしゃるのですね」

「そういうところ、凄《すご》いよな。っといたいた」

なんか壁に文字が書かれていてその文字の前にお爺《じい》さんのＮＰＣが杖《つえ》を支えに立っている。

「あの……」

ＮＰＣに向かって声を掛ける。ちなみにどう声を掛けても反応が同じなのはＮＰＣで、プレイヤーとの見分けポイントである。

ペックルも特定単語に反応するけど基本は会話がおかしいところは同じだな。

「おお……君はこの記述が気になるかね？　ここは昔、第二都市が出来る前にセンから来た宣教師が建てたと言われる寺院でね……」

「そ、そうですか」

「過去に起こった波よりも前の話だそうで……時代を感じるものであるのう」

ってお爺さんは何やら文字とその後ろの壁画に顔を向けている。

「センって？」

「国の名前のようでござるな」

お爺さんが振り返る。

「おや？　君は……古《いにしえ》の勇者を知る者のようだ。もしかしたら……彼らからのメッセージを拾えるかもしれんのう」

「お？　何か反応があるっぽい？」

「古の勇者に仕えた者の魂を力でもって倒せば……彼らは力となってくれるじゃろう」

ってお爺さんが呟《つぶや》くと同時に壁の文字が淡く光り、後ろに……なんかトカゲっぽい絵が浮かんで消えた。

「おお……君はこの記述が気になるかね？　ここは昔、第二都市が出来る前にセンから来た宣教師が建てたと言われる寺院でね……」

「……ふむ？」

「いや、それは聞いたから」

ＮＰＣだからここで会話がループするのか。

「セリフからしてブレイブペックル関連のようでござるな」

「そうだけど……何かクエストが出るって訳じゃないのか」

「このあたり結構面倒だよね。クエスト探し」

「らるくさんがヒントを見つけてくださっただけでも十分だと思いますよ」

「まあな。なるほど、俺たちだからちょっとした会話の変化があったって事でよさそうだ。後でらるくに報告しておくか」

「そうですね。で……ヒントが提示されたのですが……」

「トカゲのようでござるな。いや、これはリザードマンでござる？」

「ブレイブペックルとリザードマンで昔何かあったって事なんだろうね」

「そうなるかな？　となると何処《どこ》かでクエストなり何らかのフラグを見つけないといけないんだけど……リザードマンって何処で見る？」

「リザードマンと言ったら今のところ、あそこしかいないんじゃない？」

「ですね」

紡の発言に硝子が頷《うなず》く。

俺も何処で遭遇するかは心当たりがあるな。

「そんじゃ夜になったら行ってみるか」

「ええ、ちょうど行く予定でしたので良いですね」

「行ってみよー」

という訳で俺たちは夜間にしか入れない常闇ノ森へとまたやってきた。

「常闇ノ森……拙者《せっしゃ》が絆殿たちと出会った場所でござる。懐かしいでござるな」

闇影と遭遇したのは確かにここだったな。ドレイン特化なんて微妙なビルドでやっていたソロ忍者とは……よくやるとは思っていた。

「ここで何かクエストになりそうなのを探すんだよね？」

「紡、お前は大事な事を忘れてるぞ」

「何？　お兄ちゃん」

「ここには釣りポイントがあるそうだ」

俺の言葉に紡が呆《あき》れるように肩を落とす。

「まあ、絆さんはここで釣りをしたいですよね」

「お兄ちゃんらしいと言えばらしいけどー」

「夜だし、なんなら軽く探索した後、みんな宿に戻っていても良いぞ。俺はそれでも釣りに行く」

今の俺ならここの魔物だって後《おく》れを取る事はないだろう。

ごり押しでだってきっと勝てるはずだ。

「リザードマンダークナイトはまた出てくるでしょうか？」

「もう人気の無い狩場になっちゃってるからねー解体とドロップ品目当てじゃないと張り付いている人はいないと思うよ」

「そこまで優秀な装備でござるか？」

「一時期は優秀だって狩られてたけど、今はもっと強い装備があるからどうなんだろ？」

「いる可能性は相変わらず高いか」

「今度こそ正々堂々と私たちで勝ちたいですね」

「あの時は嵌《は》めたでござるからな」

「そうなの？」

硝子と闇影がリザードマンダークナイトと戦った時の事を紡に教えた。

洞窟に引っかけて遠距離でチビチビ仕留めた事を。

「うわー……なんていうかシステムの穴をよくついたねーあの頃だと結構強かったでしょ。よく引っかけられたと思うよ」

「まあ……な」

「今なら苦戦せずに倒せるんじゃないかな？　それでも気は抜いちゃいけないとは思うけど」

「硝子も言ってたが人気のある頃はどうやって倒してたんだ？」

「そりゃターゲット権の奪いあいもあったけど数でどうにか出来たかな。ヘイト管理はしやすい方のボスだったし」

紡も硝子と同じ感想か。

「あの頃の装備でも二、三発くらいなら誰でも辛うじて耐えたから当たったら即時回復でね。もちろんタンクがいたらその限りじゃないよ」

「で、俺が行く頃には廃《すた》れていたと……」

「そうですね」

「正直、楽に勝てる方のボスになっちゃってるね。ドロップもそこまでうま味は無くなってるかな」

一応ここの敵は討伐済み、だけど卑劣《ひれつ》な手で勝ってしまったのだからせめてもの礼儀としてしっかりと挑みたいな。

「では行きましょうか」

「ああ、正面から行く」

「良いですよ」

さて、記憶の中のリザードマンダークナイトは巨漢のボスだった訳で、洞窟の入り口に引っかけて倒した。

あの大きさからして俺の手持ちの武器的に相性が良いのは白鯨《はくげい》の太刀《たち》……だな、ボス狩りに適した一品だ。

そうして記憶を頼りに森の中を進んでいき、出てくる魔物たちを倒してリザードマンダークナイトを探していく。

「あ、いますね」

ドスンドスンと……闇影が必死に逃げていた時に遭遇したあのリザードマンダークナイトが闊歩《かっぽ》している姿があった。

「じゃあ、一気に畳みかけるか。紡、今回お前は戦闘に参加しなくて良いぞ。俺たちのけじめだからさ」

「えー！」

「紡さん。今回だけはどうか我慢してください。私も絆さんの気持ちが痛いほどわかりますので」

「拙者《せっしゃ》もでござるな。あの時のけじめをつけるでござるよ」

「お兄ちゃん達、妙なところで真面目ー」

はいはい。

って事で俺たちはリザードマンダークナイトに近づき、戦闘態勢に入った。

先頭はもちろん硝子でリザードマンダークナイトの攻撃を往《い》なして注意を引きつける担当だ。

「ドレインでござるよ！」

バシィン！　っと闇影のドレインが思いっ切りリザードマンダークナイトに命中して吸い取る。

初期とはいえフィールド徘徊《はいかい》のボスだからかＨＰは高い。さすがの闇影の一撃を受けてもビクともしていない。あまりヘイトを取りすぎると闇影に攻撃が行ってしまうので注意が必要だ。

「はぁ！　輪舞《りんぶ》零《ゼロ》ノ型《かた》・雪月花《せつげつか》！」

硝子お得意の決め技、雪月花をお見舞いしてヘイトを稼いで注意を引く。

バシバシと多段ヒットでリザードマンダークナイトへと攻撃を当てていく……これだけで随分とダメージが入ったはずだ。

「あの頃は倒すのに30分以上掛けたっけな」

「三人で戦ったからしょうがないでござるよ」

「お兄ちゃん達も無理してたんだねー」

「まあな」

で、俺はブラッドフラワーのチャージを行う。

出来る限り一撃を重く……最大火力をたたき出してあの時よりも成長した事を知るために力を振るう。

硝子と闇影が適度に攻撃して削《けず》っていったところで……キン！　っとチャージが完了したので、白鯨《はくげい》の太刀《たち》を振りかぶってブラッドフラワーを解き放つ。

「行くぞ！　ブラッドフラワー！」

ズブシュ！　っと良い手ごたえと効果音が響き渡り、俺はリザードマンダークナイトの背後に立っていた。

派手な血しぶきの演出が入り、リザードマンダークナイトが切り刻まれる。

「おおー！」

ドスン！　って音と共にドサドサと解体素材が散乱する。

どうやら俺のブラッドフラワーがとどめとなってリザードマンダークナイトを仕留める事が出来たようだ。

「あの頃の苦戦が嘘《うそ》のようですね。私たちが成長した証《あかし》です」

「だな……なんかボスドロップとか落ちてないかな」

前回倒した時に手に入れた解体素材が大半だ。その中で良いモノがないかな？

闇ノ破片と闇槍欠片《しんそうかけら》……前にもドロップしたな。

「槍《やり》の素材なんだっけか？　今だと思い切り型落ちしてそうだな」

「一応、使い道があるんじゃなかったかな？　他にも効率的に落とす魔物がいるから狙われなくなっただけだったはずだよ。お兄ちゃん」

へー……素材の無駄にはならないって事ね。

「あれ？　なんかリザードマンダークナイトの素材が反応してる……？」

ボックス欄に素材を入れたところで素材が何か反応をしている事に気付いた。

どうなってるんだ？

と確認するとブレイブペックルに反応があるっぽい。

「カモンブレイブペックル」

「ペーン！」

そんな訳でブレイブペックルを呼び出す。

「どうしたんですか？」

「ああ、なんかブレイブペックルとリザードマンダークナイトの素材が反応を示していたから呼んだ」

「お兄ちゃん限定の効果かな？」

「どうなんだろうな？　えっと……リザードマンダークナイトの素材をブレイブペックル

にっと……」

ボックスからブレイブペックルに渡す素材を選択する。

ブレイブペックルがリザードアックスを習得しました！

「来るペーン！」

メッセージと共にブレイブペックルが盾《たて》を掲げて声を上げる。

ぐるんぐるんと空中から斧《おの》を持った小型のリザードマンダークナイトみたいな明るい色合いのリザードマンが現れて地面に叩《たた》きつけを行い、霧散《むさん》する。

「もしかしてブレイブペックルの攻撃パターンが増えた形？」

「みたいだな。勝手に使う技だからこっちは操作できないけど、攻撃能力の無かったブレイブペックルを召喚をして攻撃するって事みたいだ」

ラースペングーの時みたいにダークフィロリアルって魔物を呼び出して戦う感じのスキルなんだろう。

「意外なスキルを習得させる事が出来ましたね」

「そうだな。というか……これがあの寺院で見たヒントの答えかな？」

「絆殿の意見に賛成でござる」

「他にもあるのでしょうかね？」

「カルミラ島の図書館でブレイブペックルの記述があるらしいからそこにもヒントがあるかもな」

アルトが調べていたから間違いない。

赤髪の女の人形とかも関わっているらしいし、俺も確認しておくべきだろう。

「まだリザードマンダークナイトの素材があるし、もしかしたらブレイブペックル用のアクセサリー素材とかあったりしてな」

ラフぬいぐるみをブレイブペックルは常時着用させているけど、もしかしたら他にもバリエーションがある可能性は大いにある。

「これ一つで十分とかありそうでござるけどな」

「それくらい優秀なアクセサリーを今つけているのは間違いないか」

「意外な発見がありますね」

「ある意味、これもお兄ちゃんとじゃないとわからない事だね！」

「島主補正だけどな！　さて、早速この森の泉を探させてもらおうか！」

ここにダークバスがいる事はわかっているんだ。早速釣らせてもらうぞ！

「硝子や紡、闇影もだけどここにある水場に心当たりはないか？」

「たぶん、こっちでござるな」

「ええ」

「こっちだよお兄ちゃん。まあ今回はボス退治とお兄ちゃんへの釣り場案内で良いかな」

「夜の間しか入れない森なので注意してくださいね」

当然だ。前回ここに来た時は闇影と意気投合してそのまま第二都市の宿に戻ってしまったが今回の俺の目的は釣りだ。

そんなこんなで常闇ノ森の泉に到着した。

探さないとこんな所に泉があるなんて思いもしないな。

「それで絆さん。早速釣りをしますか？」

「もちろん、場所はわかったし今の俺なら魔物が来てもここでなら戦えそうだから先に行ってても良いぞ」

「先……というより第二都市に戻って宿で寝るでござるよ」

「そうだねー念のためここに立ち寄っただけで今夜は寝ても良いかも、なんだかんだ色々と狩場は回ったし」

「私はご一緒しましょうか」

お？　今回も付き合ってくれるとは嬉《うれ》しいな。

「絆さんは私が止めないと一晩中釣りをしていそうですからね。ヌシのダークバスでしたっけ？　が釣れるまでずっとやっていそうです」

よくわかっているじゃないか。確かに俺は釣ると決めたらやり遂げるぞ。

「今日は色々とやってきました。明日もあるのですからほどほどにしましょう。余裕があったらまた来れば良いのですから」

「時間制限付きか……」

「そう思ってください」

「となるとフィーバールアーで入れ食いをして短期集中で片付けるのが良いか」

俺の考えに硝子は頷《うなず》く。

「それで良いかと思いますよ」

「わかった」

「じゃあ私たちは先に帰るねー。闇ちゃん。この後どうする？」

「拙者《せっしゃ》、思い出の店で食事をするでござる」

「あの店でしょーお兄ちゃんが行方不明だった時に行ったから覚えてるよー」

なんて話をしながら闇影と紡は行ってしまった。

「では時間は短いですがやりましょう」

「そうだな」

俺はフィーバールアーの準備を始め、硝子も釣竿《つりざお》を取り出す。

「絆さん。この泉だとどんな仕掛けをするのが良いのでしょう？　カルミラ島の池と同じ仕掛けで良いのでしょうか？」

「うーん……」

「それと絆さん。ここにカニ籠《かご》は設置しないのですか？」

「……考えてみればそうだな」

　各地にカニ籠を設置している俺が釣り場で設置忘れをするとは思いもしなかった。

　カニ籠を取り出して泉に投入する。ボチャンと落ちるカニ籠を見て……森の奥深くにある泉ってところでふと、とある童話を思い出した。

「ここで泉から女性が現れて『あなたが落としたのは銀のカニ籠か金のカニ籠かどちらでしょうか？』とか聞かれたら困りそうだよな」

　俺はこの泉にカニ籠を設置しただけです。とか言ったら凄《すご》くシュールだ。

「泉と言えばその童話も有名ですが、かの聖剣も泉の精霊から頂いたって話がありますよね」

「あー……でも、こんな闇属性な魔物が多い森の泉でそんな大層な剣が見つかったら嫌だけどさ」

　何せ釣れるヌシの名前がダークバスだぞ。一番乗りじゃなくても単純に釣りたいだけでここに来たんだけど。

「確かに……呪われた剣とか釣れそうですね」

「フラグを立てないでくれよ」

不吉で嫌だぞ……妙なイベントが多いゲームなんだ。
ここで闇の精霊が出てきて呪われた装備なんて貰《もら》って外せずに過ごすとか勘弁願いたい。

「そもそもここでヌシを釣った奴がいるんだからイベントは先に行われているだろ」

「絆さんほどの釣り技能持ちはまだいないと思います。何より島主だからと変なイベントがあるかもしれないです」

全く否定できない！
自他共に認める釣り好きの俺だからこそ変なイベントを引き当ててしまうかもしれない。

「……釣りをせずに帰った方が良い気がするけど、これ以上の成長を遂げるために俺も実績が欲しいんだ」

今の俺の釣り技能を上げるには数ではなく釣った種類を増やさねばならない。

「硝子、ありそうなネタを喋《しゃべ》るのも良いけど今回は真面目に仕掛けを考えよう」

「そうですね。絆さん、ここではどんな仕掛けが良いでしょうか？」

「俺たちがこれから釣るのはダークバス、闇属性のコイだ。仕掛け自体はルアーとかではなく釣り針で餌は練り餌系、パンとかで釣れるはずだ」

水族館などの資料を調べたし、ゲームで釣りをする前にコイ釣りは調べたので覚えている。

「今回の仕掛けは俺がやっておくから硝子はいつも通り泉に落とすだけで良いはずだ」

「わかりました。では絆さん。お願いしますね」

「もちろん。任せろ」

とは言ってもシンプルに釣り針に練り餌を付けるだけなんだけどな。

「ルアーとは異なりわかりやすい仕掛けなんですね」

「そうだな。コイを釣る時の仕掛けと根本的には同じだ。ただコイって意外と針を引っかけるのが難しい魚だからタイミングは大事だぞ」

「わかりました」

「俺たちの釣り技能は高いから相当鈍感《どんかん》でもない限り引っかけられるはずだ」

「ええ、それではやってみましょう」

って感じでシンプルに釣竿《つりざお》を泉に垂らして引っかかるのを待つ。

「ダークバスって魚を目当てに釣る訳なんだが……名前だけだとブラックバスみたいだな」

「確かにそうですね。絆さん、どんな魚か事前に確認しているんですよね」

「水族館の方でな。ヌシ情報だけど……黒いコイって感じだぞ。口は小さめだからブラックバスとは別種だな」

コイの方の黒い奴って感じな訳で……元々黒いコイもいるけどさ。

ここはゲーム風に闇属性のコイって事なんだろう。

「あ、引っかかりましたね」

硝子の竿《さお》がぐいっとしなってヒットした事を教えてくれる。

俺がフィーバールアーをする前にヒットか。割と入れ食いか？

「手ごたえは十分ですね。ハァ！」

ザバァッとあっさりと硝子は泉から真っ黒な闇をまとったコイを釣り上げた。

色的な意味じゃなく文字通り闇の気みたいなものを宿しているんだ。

どう見ても食用に向かないのがわかるなぁ……。

「やっぱり釣りやすい方の魚なんだな」

「そのようですね」

「第一都市のニシン枠で良さそうだ」

「解体するんですか？」

「当然するぞ。他に何が釣れるかなー」

っとフィーバールアーを使ってルアーを泉に投げ入れる。直後にヒット！

仕掛けを考えずにかかるから楽と言えば楽だけど手抜きであるから乱用は避けるべき

だ。

サッと俺もダークバスを釣り上げる事が出来た。

「どんどん釣っていくぞー。意外な魚が釣れるかもしれないし」

って事で硝子と一緒に再度キャスティング。

ぐいっとそのままダークバスが３匹釣れる。

「私の方は最初すぐに引っかかりましたけど、あまり釣れない場所みたいですね」

フィーバールアー状態の俺に比べて硝子の方は魚が引っかかるペースが遅い。

「変わった魚が釣れる釣り場みたいだしな」

ってところでボーンフィッシュが釣れた。

釣れる範囲広いなこの魚。各地で釣れる……まあ、魚の骨だしな。

食う場所も解体する所もないハズレも良いところの魚だ。

「あ、ヒットしましたってボーンフィッシュですね」

「第一都市周辺の釣り場だからしょうがないのかねー」

「でしょうね」

ってところで今度は目新しい魚が引っかかった。

シャドウウグイが釣れた。

ウグイ……川魚じゃなかったっけ？

「あ、普通にコイやウグイも釣れるな」

ヒョイヒョイと釣り上げていくとどんどん引っかかっていく。

思ったより釣れる魚の種類は多いようだ。

で、最近はあまり引っかかる事は無かったゴミも色々と釣れる。空き缶とかな。

「空き缶釣れたー！　……あ、この空き缶、見た事ないやつだ」

「空き缶にも種類があるんですか？」

「ああ、見ろ……お汁粉の空き缶だ」

「……」

硝子が呆《あき》れ顔でお汁粉の空き缶を見る。

「色々と芸が細かいんですね」

「そうだな。お？　ナマズが釣れた。泉ならいるのかもしれないな」

泉と言いながらもカテゴリー的には池って事なのかもしれない。

「で……藻《も》も釣れるな。漆黒の藻って名前が付いてる」

「ダークバスもそうですが、何か使い道があるのでしょうかね？」

「調合とか付与、染料とかでありそうだな」

「なるほど、闇の力を凝縮するって事でしょうか？」

「そうなるな。闇影が好みそうだな」

「ですね。闇影さんの装備に使えないかロミナさんに聞いてみましょう。加工すれば今でも使えるかもしれませんし」

「そうだな。濃縮する事で上位素材になるんだったら良いかもしれない」

ゲームだとそういった要素があったりする。

初期の素材だけど色々と加工していった結果、上位の道具の素材なんかになったり属性装備の材料に使われたりするのは安易に考えつくな。

「調合とかアルトが結構覚えている的な話をしてたし持ち込んでみるか」

「良いですね。金勘定だけじゃなくアルトさんも色々と覚えていらっしゃるでしょうし」

「どうだろうな……あいつ、交渉事だけやってそうなイメージもある。鑑定とかは得意だし火炎瓶とか投げていたけど」

よくよく考えてみればアルトって何が出来るのか俺たちは把握してない気がする。

とりあえずここで釣れるものの使い道を聞くのは良さそうだ。

サクサクと釣っていくのは昼間の狩りを思い出す、歯ごたえが無いのはそれだけ釣り具と俺自身のLvが高い所為《せい》なんだろう。

味気ないと思うか俺自身の成長を喜ぶべきか……もっと歯ごたえのある釣り場を探すのが良いのか。

って感じで釣っていくとダークバスなどの登録が済んだ。

けどフィーバールアーがもったいないので釣り続ける。

「ヌシ釣れろー！　ヌシダークバスー」

再出現までのクールタイムが過ぎている事を祈りながら釣りを続ける。

「ここでフィッシングコンボが出る場合、どんな魚が引っかかるのでしょうね」

と言った直後、釣り上げて水面から飛び出したダークバスにダークネスリザードマンが水面から飛び出して食いついた。

「噂《うわさ》をすればなんとやらだな」

電気ショックを作動させて食いついたダークネスリザードマンを感電させて引き寄せる。

「リザードマン……ワニという扱いなんでしょうかね？」

「そうかもしれないな」

新要素であるフィッシングコンボの影響か手ごたえは中々ある感じだ。

「一本釣り！」

ザバァ！　っとダークネスリザードマンを釣り上げる事に成功した。

ビチビチとダークネスリザードマンが打ち上げられて抵抗している。

「……絵的に酷《ひど》い状況ですね」

「そうだな……ところでここに更なるコンボが発生したらリザードマンダークナイトが食

いつく事になるのかな？」

「闇影さんがいたらシュールって叫んでいると思います」

「紡やらるく、てりすがいなくて良かったな。間違いなく爆笑してる」

今の状況でさえも笑うだろ。

「釣れるのがダークネスリザードマンという状況が不思議ですね」

「魚判定なんだから気にしないで行くべきだ。ワニを釣り上げたって思えば良い」

釣り上げたダークネスリザードマンを解体したところ、ダークネスリザードマンの魂って素材が手に入った。

「魂って素材が出てきたんだが、これなんだ？」

「スピリットの強化要素みたいですよ。エネルギー上限突破以外にその魂を媒介石に取り込む事で強化できるそうです。これはその結晶でしょうね」

「へー……今まで気にせずやってきちゃったな」

媒介石を確認すると……あ、これまで倒した魔物の魂が結構入っている。

よくわからず後回しにしていたけどこんな要素まであるんだな。

「むしろ絆さん気にせずやっていたんですね」

「釣りが主体だからなー……ってヌシも魂に登録されるのか」

アップデート後に釣り上げたヌシが魂として登録されている。気付かなかったぞ。

選択式で設定できるようだ。

「今まで知らずにいた要素とかあるもんだなー」

「なんだかんだごり押しが出来てしまっていましたからね」

なんて話をしながら釣りを続けているとガク！　っと今までに無い手ごたえを釣竿《つりざお》に感じた。

「うっし！　何か大物がかかったぞー！　ヌシダークバスだな！　おりゃあああ！」

バシャバシャと水面から飛沫《しぶき》が発生。

俺は今までの釣り経験と釣り具の力を集結させて右へ行ったら左へ、左へ行ったら右へと釣竿を傾けつつ……リールを回していく。

「これでも食らえ！」

もちろん釣竿に仕掛けた電気ショックを発生させると水面に魚が飛び出した……のだけど黒いシルエットがどう見てもヌシダークバスじゃなかった。

「なんだ今の？」

「えっと私の目には魚としかわからなかったのですけど、絆さん。何かあったのですか？」

「ああ、水族館で見たヌシダークバスじゃなかった。なんか別のが引っかかってる」

「新しい発見でしょうか、期待に胸が躍りますね」

「そうだな」

と、俺はわくわくしながら魚との攻防を続行する。

電気ショックでダメージが入りはするけど決定打にはなっていない。

結構釣りづらい魚だぞ……ヌシだと思って挑んでいるけど、かなり集中を強《し》いられる。

難度が高い……。

「あの黒い感じからして闇なのは間違いない……どう釣り上げるべきか……」

俺の出来る手札に何か無いか？

……トラップマスタリーが俺にはある！

「食らえ！」

手持ちの罠《わな》で投網《とあみ》を生成して泉の中、ヌシが逃げそうな方向に設置して引っかける。

バシバシと網が引っかかり先ほどよりも目に見えて動きが鈍《にぶ》りだした。

よし上手《うま》くいった！　逃げる方向制限はいい手だな。後は攻撃して弱らせる。

「硝子、攻撃して弱らせてくれ」

「ええ、やりましょうか」

って事で硝子が狙いを定めて今引っかかっているヌシらしき魚へと攻撃を仕掛ける。

バシャバシャと水面で抵抗を繰り返すヌシだけど……かなりタフだな。手ごたえで言えばかなりのモノだぞ。釣り技能は元より仕掛けの質が悪ければあっという間に外れてしまう。


やがて大分弱ってきたところで、一気に竿《さお》に力を入れて……。

「一本釣りーーー！」

バシャッと水面から引き上げる。ビチビチと陸地で跳ねるヌシを確認。

「やっぱりヌシダークバスじゃないな。というか……ヌシですらないのかよ」

この釣りづらさから驚愕《きょうがく》するしかない。

俺は釣り上げた魚、ダークサーモンという黒い鮭に愕然とするしかなかった。

「鮭ですか？」

「そうみたいだ。初の鮭だけど……」

何だろうな。このいずれ釣りたかった魚の一つなんだけどゲーム独自の鮭じゃなく本来の鮭が釣りたい気持ちと言うべきか。

むしろこんな泉で釣れるのは納得がいかないので完全に別種と認識すべきだな。

鮭って一応種類が色々とある訳だし。

日本人が思い浮かべる鮭とキングサーモンが違うのと同じ感じで。

「俺の思う鮭ではなかったカウントにしよう」

「それでこれは……どんな魚なんでしょうね？　食べられるのですか？」

「一応食べる事は出来る魚っぽいけど、闇属性が多いな。鍋とかに入れたら文字通り闇鍋だな」

　まだ解体していない。道具欄に入れてみんなに見せてから捌《さば》こうか。

「闇影さんがネタにされるような気がします」

　確かに……これは闇影からしても美味《おい》しい魚か。

「本当、ここは何から何まで闇がテーマの場所だな。闇影との出会いもそうだったし」

「ですね。私も負けられないです」

「こんなのが追加で釣れるのはわかったけど……ヌシの追加はされているのかわからないからこのまま継続だ」

「ディメンションウェーブイベントが起こるたびに色々と追加されていきますからね。いなかったとしても新しいヌシがここで釣れる事になるかもしれませんね」

「そうだな。もしくは……似たような闇の水場とかあったりしてな」

　ありそうですね。なんて冗談を言いながらフィーバータイムが切れるまで釣りを続行しようとルアーを投げて何度も釣っていく。

「ちなみに鮭の生食は養殖じゃないと食中毒になるのを硝子は知っていたか？」

「そうなんですか？　このゲームだとどうなっているのでしょう？」

「大雑把《おおざっぱ》に川魚はちゃんと処理しないと毒効果が付くっぽいぞ」

「色々と再現はされているのですね」

「ああ……しかし、ダークサーモンの二匹目が引っかからないな」

「ダークサーモンは引っかかる確率が随分と低いみたいですね」

入れ食いになるフィーバールアーでも全然引っかからずダークバスとシャドウグイ、ボーンフィッシュなどが大半だ。

「あ」

ガクンと硝子の釣竿《つりざお》が大きくしなる。

「お！　何か大物が引っかかったか？」

「そのようです。頑張ってみますね」

キリキリと硝子はリールを巻きながら俺がやったように魚との戦闘を始める。

うん。俺が教えた通りに正確に動けていて、前よりもスキル効果ではなく単純に腕前が上がっている。

ぐいぐいと暴れはするけど抵抗自体はそこまで強く見えないな。

「俺も手伝うぞ！」

網の罠《わな》を仕掛けて逃げる先を制御しつつ呼び出したクリスに命じて攻撃をしてもらう。

ルアーで攻撃？　今フィーバー中だから投げ込むと俺も何か引っかかって手伝えないんだ。

「行けます！　はあ！」

ザバァッと魚影が水面から出て岸に打ち上げられる。

「ビンゴ、硝子に釣られちまったな……」

と、硝子が釣り上げた魚を確認するとヌシダークバスのそれだった。

「やりました。絆さんの手伝いはありましたけどあっさりと釣れちゃいましたね」

「ここは運だからしょうがない。いくら俺が入れ食いになるルアーを持っていてもな。そう思うと硝子は釣り運が良いかもしれないぞ」

ヌシの引っかかりは狙って出来るもんじゃない。こういうところが醍醐味《だいごみ》であるし、人によっては嫌がる要素だけど俺は寛大に受け入れたい。

仲間が釣りの良さに気付いて目の前でヌシを釣り上げたんだ。喜ばずして趣味人にあらず。

競争相手を蹴落とすだけが全てじゃないのだ。

「前回の敗北からもっと難しいモノだと感じていましたよ」

「そりゃあ経験は元より釣り具も良いモノを揃《そろ》えたし、何よりなんだかんだ初期の釣り場だからな。アップデートがあったとしても釣りやすいヌシになってしまうんだろうさ」

「なるほど、そういった意味でも色々と巡る事に意味はありますね」

「ああ、さて……硝子が釣った記念を取らなきゃな。硝子、ヌシダークバスをしっかりと持ってピースだぞ」

「私もやるんですか？」

「ちょっと恥ずかしいのですけど……わかりました。今度ボス退治をした際に絆さんに同様の事をしてもらいましょう」

「当たり前だろ」

なんか妙な決まり事を硝子が作ってしまった。

ボス狩りで好成績を取るのは基本硝子たちなので俺は目立たず済む。

やり返しは出来ないぞフハハハ！　俺の貢献度の低さを知るが良い。

って感じでヌシダークバスを釣り上げた硝子の記念写真は終わった。

「みんなに自慢するために持ち帰ろうか」

「いえ……出来ればこの場で解体してください。なんか気恥ずかしいですので」

「そうか？　硝子の釣ったヌシだってのに」

「良いんです」

ふむ……硝子も何か気になるところがあるって事かな。

そんな訳で解体したところ、ヌシニシンとあまり変わらない素材……低級王者の鱗系《うろこけい》の素材が手に入った。

違ったのは闇鯉《やみごい》の胆《きも》と闇鯉の泥という素材があったところかな。

ロミナに預ければ何か良いモノにしてくれるだろう。

「武器に使えなくても何か釣り具にしてくれるように頼んでみよう。思い出の品になるぞ」

「それは良いですね。良い思い出になります。ここは……本当、色々と思い出になる場所ですね」

「しばらくしてまた来たら新しい発見があるかもしれないな」

「ええ」

って感じでヌシが釣られてしまったのでそのままフィーバータイムが切れるまで俺と硝子は釣りを続けた。

十二話　古《いにしえ》のリザードマンダークロード

「さて……そろそろ帰ろうか」

　フィーバールアーの効果時間が過ぎたので釣り具をしまって帰る準備をする。

「ええ、中々面白かったですね」

「そうだな。硝子がいたお陰で一人で釣るより楽しかったよ」

「それはよかったです」

　誰かと一緒に釣りをするというのはやっぱり一人で釣りをするよりもっと楽しいもんだと実感させてくれる。

「絆さん。第二都市に帰ったらまた釣りをするのですか？」

「そうだなぁ……宿で化石のクリーニングをしても良いし、アユとヤマメを釣って朝食にしても良い。悩むなぁ。硝子はゆっくり休んでて良いよ」

「ではお言葉に甘えましょうか」

　さすがに第二都市での釣りにまで硝子を誘うのは図々しいにも程がある。

　そんな訳で常闇ノ森から第二都市へと帰ろうと森の中を歩いていると……。

「おや？」

「あれは……なんでしょうか？」

まだ森の中なのだが、道の途中にぼんやりと紫色に光る球体が浮かんでいる。

「あんな魔物いたっけ？」

「いえ……」

何だろう？　ちょっと様子を見ようかと俺と硝子が近づくと球体がカッと光って俺たちの背後に結界のような代物が生成される。

「逃げ道を塞《ふさ》がれた!?」

というところでピコッと俺たちの視界にアイコンが表示された。


シークレットクエスト発生！

クエスト名『古《いにしえ》のリザードマンダークロード』

球体が裂け空間の亀裂のように変化して何やら別空間との繋《つな》がりが発生する。

「ペーン！」

呼んでもないのにブレイブペックルが突然召喚された。

「シークレットクエストが発生したな。何かフラグでも踏んでいたのか、それとも島主だから発生したのか……」

「リザードマンダークナイトの素材でスキルが追加されるのがヒントではなかったという事ですか」

「二つの意味があったのかもしれないな。ブレイブペックルが勝手に呼び出されたし」

「クエスト名が古のリザードマンダークロードとありますが……」

「寺院のヒントで力を見せろ的な話があっただろ？　戦闘は間違いなくありそうだ」

「闇影さんや紡さんが帰ってしまったこのような時に遭遇するなんて……」

「今から呼んで間に合うと思うか？」

「ちょっと連絡してみましょう……ダメですね。チャットが出来ません」

硝子に合わせて俺も闇影と紡にチャットを送ろうとしているのだけど『現在、お客様は電波の届かない所にいらっしゃるのでかかりません』って電話の時のメッセージが出てる。

「つまり俺と硝子で挑まないといけないって事になるか……固定でブレイブペックルがいるみたいだけど……ペックルなら行けるか？」

カモンペックルでペックルを呼び出せるか確認してみる。

「ペーン！」

あ、ペックルは呼び出せるっぽい。なら足りない人員は誤魔化《ごまか》す事は出来そうだな。

クリスと戦士ペックル、魔法使いのペックルと僧侶のペックルを呼び出す。

「少々不安ではありますが、逃げる事は出来ませんしやりましょうか」

「ああ、まさかこんなクエストに巻き込まれるなんて思いもしなかった」

「幽霊船の時も突然でしたのであり得る話ではあるのですが……油断してましたね」

「そうだな。気合を入れてやるしかないな」

「はい」

と、俺たちは空間の先へと各々《おのおの》武器を取り出して進む事にした。

進んだ所は……石造りの建物内といった様子で、ボッと進むごとに近くの燭台《しょくだい》から紫色の明かりが点灯していく。

「なんとも雰囲気が出ている事で」

「何かが出てきそうな気配はしていますが魔物さんとは遭遇しませんね」

「そうだな。何が出てくる事やら。流れ的には奥にボスが鎮座しててそこで戦闘をするって気がしてくる」

「頑張って行くしかないですね」

本当、紡や闇影がいないって思いのほか心細いもんだ。

硝子がいるから良いけど……俺はそこまで戦闘は得意じゃない。

足を引っ張らないように頑張らないとな。

と、進んでいくと……読み通りというべきか、開けた所の奥に何体ものリザードマンダークナイトが待機して鎮座しており、その奥の玉座に……リザードマンダークロードという屈強な体つきをした歴戦の猛者《もさ》の風格を宿した魔物が座っていた。

「あの数を相手に戦うのでしょうか？」

「いくら何でも無理ゲーじゃない？　いや、このイベントマップに合わせた強さ調整をされている可能性は十分にあるけどさ」

「何にしても逃げる事は出来ないですし行くしかありませんね」

「ああ。作戦はどうしたものか」

「私とブレイブペックルが前衛で攻撃を捌《さば》きますので絆さんと他のペックル達はサポートをしていただければ良いかと」

「そのあたりが無難な作戦か……俺もボス特化の武器があるから隙《すき》があったら仕掛ける」

「あまり攻撃しすぎて狙われないようにしてくださいね」

と、硝子と打ち合わせをしてからリザードマンダークロードへと近づく。

こう……何度か戦って攻撃パターンを見極めるとか出来たら安全に戦えるんだが、完全初見なんで不安がつきまとうな。感覚で戦える紡あたりがいると心強いんだがな。

「ほう……我《われ》らが領域に足を踏み入れる者が現れるとはな……その行いが勇気か蛮行《ばんこう》か、見極めさせてもらおうか。我はリザードマンダークロード！　この領域を守護せし者也《なり》！」

玉座からリザードマンダークロードが立ち上がり声を上げると近くに大きな戦斧《せんぷ》が現れてそれを握って構える。

鎮座していたリザードマンダークナイト達は壁の方へと移動して戦いを傍観《ぼうかん》する形でいるようだ。

どうやら戦うのはリザードマンダークロードだけらしい。

「勝負ペン！」

ブレイブペックルがオートで前に出て構えて対峙《たいじ》する。

「うるあああ！」

ズシン！っとリザードマンダークロードが戦斧を握りしめ、ブレイブペックルめがけて思い切り振りかぶる。

「ペーン！」

ガイン！っとブレイブペックルはリザードマンダークロードの一撃を往《い》なして耐えきった。

おお……イベント補正なんだろうけど結構頼もしい。

「私たちも遅れてはいられません！」

「ああ！　行け！　ペックル達！」

「「ペーン！」」

と、俺の指示を受けて呼び出したペックル達がリザードマンダークロードへと各々《おのおの》設定した攻撃を始める。

クリスは武器を片手に接近して飛びつきペシペシと攻撃をして、戦士ペックルも続く。

魔法使いペックルも水の魔法で遠距離狙撃をして僧侶ペックルが状況を見守っている。

「行きます乱舞《らんぶ》一《いち》ノ型《かた》・連撃《れんげき》！」

で、硝子もリザードマンダークロードに近づき攻撃を見極めつつ扇子を広げてスキルを放つ。

扇子での連続攻撃スキルで何度も切り付けていく。

流れるような扇子の舞に思わず見惚《みと》れそうになっちゃうね。

どこでも絵になるのが硝子だ。

「ふん！」

「クッ……」

豪快なリザードマンダークロードの戦斧で薙《な》ぐ一撃に硝子が防御の構えをとって大きく下がる。

「一撃を受けましたがかなり強力ですね。重さはミカカゲの最前線クラスでしょうか」

「そりゃあきついな。二人で勝つには厳しそうな状況じゃないか」

「その程度か！　はぁあああ！」

「ペーン！」

追撃をしようとしたリザードマンダークロードをブレイブペックルが突撃してはじき返す。

「機動性も高いようでそのまま追撃しようとしてきました。ブレイブペックルがいなかったらそのまま攻撃を受けてましたね」

「まだまだぁ！」

っと、予告線のような赤い範囲線がリザードマンダークロードの前方に現れる。

1、2、3！　バシュン！　っと力強い衝撃波がその場所に出現して地面が抉《えぐ》れるエフェクトが発生する。

うわー……当たったら超痛そう。

というか範囲が広い割に回避に割ける時間が短すぎるぞ。

「これは……騎乗ペットに乗る事を前提にしていると思います」

「なるほど、速さは乗り物で誤魔化《ごまか》せって事か」

俺と硝子は各々《おのおの》騎乗ペットを呼び出して急いで乗る。

俺はライブラリ・ラビット。硝子は白い大きな猫の騎乗ペットだ。

「まだそこまで習熟はしてませんが行きます！」

シャー！　っと硝子が乗った猫の騎乗ペットが威嚇《いかく》の声を上げつつ、素早くリザードマンダークロードの周囲を旋回《せんかい》しつつ飛び掛かる。

「輪舞《りんぶ》二《に》ノ型《かた》・吹雪《ふぶき》！」

二つの扇子で花吹雪を起こしながら切り付ける攻撃を騎乗ペットと共に放っていく。

おお……人馬一体って感じの猛攻だ。

「行けペン！　ペエエエン！」

ブレイブペックルの掛け声と共にリザードマンの影がリザードマンダークロードに斧《おの》を振り下ろして攻撃し、クリスが魔法使いペックルと協力して連携技っぽい水竜巻を発生させて突撃する。

「はあああ！」

「ペエン⁉　痛いペン……」

べしっとクリスが思い切りリザードマンダークロードの素手による殴打を受けて殴られて壁に叩《たた》きつけられＨＰがガクッと減る。

すかさず僧侶ペックルが回復を施していくけど回復量は微々たるものなので全快するのに時間が掛かりそうだ。

クリスはペックルの中でも上位の能力値で、一撃であれだけＨＰが持っていかれるとなると中々ダメージが大きいな。俺も被弾するとかなり痛いだろう。

……エンシェントドレスの性能に期待だな。

そして俺も負けていられない。

遠距離攻撃で地道に削《けず》っても良いけど、どこまで通用するかやってみないとな。

「行くぞ！」

「……」

ライブラリ・ラビットが俺の攻撃行動に反応して札を取り出し、硝子めがけて振り下ろし、避けられて隙《すき》だらけのリザードマンダークロードの速度を下げる。

よし！

「クレーバー！　クレーバー！　クレーバー！」

白鯨《はくげい》の太刀《たち》を握りしめて解体の攻撃スキルであるクレーバーを叩《たた》き込む。

「はあああ！」

「しまった――」

ドン！　っと攻撃に意識を向けすぎた俺はよけ切れずに被弾して吹っ飛ばされる。

だけどライブラリ・ラビットが俺を抱えて受け身を取って着地する。

うお……俺だけだったらそのまま一度地面に転がってたぞ。一撃が超重たいなあいつ。

「絆さん！　大丈夫ですか⁉」

「大丈夫……とは言い難《にく》いけど問題ない。スピリットだからさ」

媒介石で設定されたＨＰ分が一気に吹っ飛んでエネルギーの方が減ってしまった。

どんだけ一撃が強力なんだ、こいつ。

「ペン！」

僧侶ペックルがＨＰの減った仲間を優先するＡＩなので俺へ回復を施してくれる。

回復するのはシールド分だけだけど徐々に回復していく。

「絆さんは下がっていますか？」

「いや、今回は攻めすぎただけだ。問題ない」

猪突猛進《ちょとつもうしん》で攻めすぎた。硝子みたいにしっかりと機動性を意識して被弾しないように戦うのも重要だな。

「ペーン！」

せっかくブレイブペックルが攻撃を往《い》なしたりしているんだし。

基本的にはブレイブペックルが攻撃をある程度受け止めてくれるので隙を見て攻撃するのは正攻法だろう。

初見でも大分行動パターンがわかってきた。

このリザードマンダークロードは攻撃の範囲がかなり広い。中距離の間合いは騎乗ペットが無いと避けるのが難しい攻撃をしてくる。しゃがめば良いとかそういった次元じゃなく衝撃波が発生するのでしゃがんでも命中判定でダメージを受けるのが非常に嫌らしい。

もろに当たると超痛いし、衝撃波も馬鹿にならないダメージが入るのが……まあ、二度目の被弾で俺自身が理解してしまった。

強化したエンシェントドレスじゃなかったら硝子たちに任せて後ろでチクチク攻撃しなきゃいけないくらいの損失をしていただろう。

「はああ！」

「おらよ！」

下手《へた》にスキルで殴るよりも小回りに良い通常での切り付けの方が損失が無く戦えるってくらいに動きが速い。

チャージスキルなんて使っていたら良い的になってしまう。

硝子とブレイブペックルと……他のペックルに任せて遠距離でルアーなり弓矢でチクチクすべきか？　大きくＨＰを削《けず》れないのが嫌らしいな。

口にルアーを引っかけて釣り上げとか……出来ればいいが。

「やります！」

と、硝子が釣竿《つりざお》を取り出してリザードマンダークロードの背後からルアーを投げて糸で締め上げからの動きを封じつつ騎乗ペットの猫のツメで攻撃しようとしている。

おお……そんな攻撃が出来るのか。

なんて思ったけれどブチッと糸が切られてしまい、そのままリザードマンダークロードの突進攻撃を受けてしまう。

「くっ……まだスキルが足りなかったです」

「発想はよかったと思うぞ」

「ありがとうございます……ですが、中々歯ごたえのある敵ですね。攻撃が非常に重く、それでいて速く隙《すき》が無いです」

「そうだな。紡や闇影がいないから厳しい」

「ええ」

硝子はどうにか戦えてはいるけど俺は足手まといの色が非常に濃い。

「絆さん。気にしないでください。絆さんはペックル達の指示もしているんです。お陰で私も戦えています。これが無ければもっと消耗してます」

「ありがとう。出来ればもっと力になりたいところさ」

「その言葉だけでも十分です。行きます！」

「にゃあぁ！」

硝子の意志に合わせて猫の騎乗ペットが大きく跳躍、天井さえも足場にしてリザードマンダークロードへと飛び掛かっていく。

俺も足手まといでなんていられない。

左手に釣竿を持って距離を取りつつ、青鮫《あおざめ》のルアーで斬撃と出血ダメージを発生させた。

「ペーン！」

「よし！」

ブレイブペックルが攻撃を受け止めた直後に入れ替わりにクレーバーをリザードマンダークロードに叩《たた》き込んでそのまま大きく飛びずさる指示を騎乗ペットにさせ、安全圏まで後退した。

うん。中々上手《うま》く戦えている。このまま地道に削《けず》っていけばいい。

「ぐ……ふふ、中々やるじゃないか！　ではこいつはどうだ！」

ドスン！　っとリザードマンダークロードのＨＰを半分近く削れたところで戦斧《せんぷ》を地面に突き刺し、拳《こぶし》を強く握りしめる。

直後に俺と硝子の視界に危険！　とアイコンが表示される。

ああ、何か広範囲の大技を放ってくるのか。

「ペーン！　下がれペン！」

っと、示し合わせたようにブレイブペックルが前に出て盾《たて》を構える。

ペックル達も合わせて後ろに集結していた。

ああ、ＡＩの正確な行動にどうしたらいいのかすぐにわかるな。

「硝子！　ブレイブペックルの後ろに下がれ！」

「はい！」

俺と硝子は攻撃を察してブレイブペックルの背後に回り込む。

「後は硝子！」

「なんですか？」

「こういう時にやる事はもう一つあるぞ」

俺は白鯨《はくげい》の太刀《たち》を両手で持って準備を行う。

「わかりました。絆さんの作戦に乗りましょう」

硝子も察してくれたようで何よりだ。

「食らうが良い！　エネルギーブラスト！　はあああああ！」

と、リザードマンダークロードが突き出した拳《こぶし》を開くとそこから極太のエネルギー波が放たれて視界が染まる。

ジリジリとブレイブペックルを盾にしてリザードマンダークロードの攻撃を耐え忍ぶ。

やがてその必殺の攻撃に終わりが見えてエネルギーの放射が消えてきた直後！

「今だ！」

シュウウウ……と、辺りに静寂が訪れ、煙がモウモウと立ち込める。

「どうだ！」

「生憎《あいにく》と――」

「ブレイブペックルが耐えてくれたよ！」

「ペーン……」

ダメージからしばらく戦闘に参加できずにガクッとしているブレイブペックルがいたけど、間違いなくこれは戦闘ギミック。

読みだと次のエネルギーブラストの発射までにブレイブペックルを治療しなくちゃいけないんだろう。僧侶ペックルに回復指示を出したまま俺と硝子は隙《すき》だらけのリザードマンダークロードめがけて各々《おのおの》の最強スキルを叩《たた》き込む。

「輪舞《りんぶ》零《ゼロ》ノ型《かた》・雪月花《せつげっか》！」

無数の花吹雪がリザードマンダークロードの至近距離で発生して全弾ヒットし……流れるように――。

「ブラッドフラワー！」

ボス特化白鯨《はくげい》の太刀《たち》を装備し、リザードマンダークロードのエネルギーブラストが消える直前にブレイブペックルからわずかに前に出てダメージを受けた俺が復讐の力のバフ効果をその身に宿したままチャージを終え……ブラッドフラワーを放つ。

ザシュ！　っと幾重《いくえ》にも攻撃エフェクトが発生してリザードマンダークロードのＨＰを大きく削《けず》り飛ばす。

「ぐあああああああ⁉」

やっぱりこういう時は派手にチャージスキルを一緒に溜《た》めておくのが戦略ってもんだ

な。

肉を切らせて骨を断つ。

ガリガリガリ！　っとリザードマンダークロードのＨＰが一気に削り取られていく。

「行け！　もっと！　行けぇぇぇぇぇ！」

「あああああ――」

っとやっとの事、リザードマンダークロードのＨＰを削り切る事が出来た。

あぶねー……復讐の力を発動せずに放ってたら削り切れなかったぞ。

とはいえエネルギーの喪失《そうしつ》が結構馬鹿に出来ないなぁ。

「ぐふ……」

と、リザードマンダークロードが膝《ひざ》をついた。

ブラッドフラワーでとどめを刺したのに解体されないな？

「なるほど……貴殿たちの腕前しかと見させてもらった。さすがは偉大なる古《いにしえ》の勇者と共にいる者たちよ。その強さ感服した」

ってなんかリザードマンダークロードがその場に立ち上がってこっちに賞賛の言葉を送っている。

えーっとこれでクエストクリアって事か？

「貴殿たちの強さに敬意を表して褒美を与えよう」

と、リザードマンダークロードが手を差し出すと俺たちの視界にアイコンが表示される。

フィーバールアーがパワーアップ！　フィーバールアー２になりました！

フィーバールアー２
釣竿《つりざお》を使った補助スキル。
魚を引き寄せる光を宿すルアーを付与する。
強化されより強い光を宿したルアーとなり釣れる魚の種類が増加した。
一回の使用に１０００のエネルギーを消費する。
ランクアップ条件　？？？

わー……嬉《うれ》しいけどここで貰《もら》ってもなんかがっくり来る報酬だ。
「リザードマンダークロードの魂という報酬もあるみたいですよ」
「え？」
言われて確認すると媒介石にリザードマンダークロードの魂という代物が追加されていた。セットとかの仕方がよくわかっていないけど判明したら効果が高そう。

レシピ集……リザードマンの秘宝。


という代物もある。これはロミナに渡せばいいのかな？

それと……ブレイブペックルの能力に大幅な補正が入ったようだ。

「偉大なる勇者様の命ずるままに」

そうリザードマンダークロードが敬礼をするとぐにゃりと空間が歪《ゆが》み、元いた常闇ノ森へと俺たちは戻ってきたようだった。

「やりましたね」

「ああ……勝ったからよかったけど、結構きつかったなぁ」

「中々楽しめましたよ。それじゃあ帰って皆さんに報告しましょう」

「そうだな」

という訳で俺たちはかなりボロボロになったけどそのまま宿へと帰ったのだった。

十三話　種族クエスト

第二都市に戻った俺たち。

「ここは前に来た時と同じくあんまり代わり映えしないな」

「そうですね。前来た時より人は減っていますね」

まあ、なんだかんだ第三都市カルミラやミカカゲがあるからここを拠点にするプレイヤーの数が減るのは当然か。

それでも第二都市を拠点にしているプレイヤーとかもいるっぽいけどな。

「えっと……紡と闇影が泊まっているのは前に泊まった宿だったか」

第二都市の夜景と川を見ながら、前に泊まった宿を記憶を頼りにして探す。

「釣りをするにしても合流してからですよ」

「わかってるって。というか疲れてそれどころじゃないって」

常闇ノ森でそこまで釣りが出来なかったからと安全な所で釣りをするのも良いとは思うけどな。カニ籠《かご》を設置するのは忘れないぞ。

「ここはアユやヤマメとか釣れるんだ。今はもう俺も料理できるからアユの塩焼きとか出来立てで出せるぞ」

「懐かしいですね。後で釣っていただくのも良いかもしれません」

「ああ。ぶっちゃけあまり食欲をそそらない魚ばかり釣れちゃったもんな」

闇属性が多い魚ばかりなんで普通の魚のありがたみを感じるってやつだ。

なんて雑談をしながら宿に入ると紡が俺たちを見つけて声を掛けてきた。

「あ、お兄ちゃん達おかえり。遅かったね」

「途中でシークレットクエストに遭遇してな」

「えー⁉　私たちがいない所でー？」

「ああ、どうにかかな」

俺は紡にリザードマンダークロードとの戦いを語って聞かせる。

「それと釣りの方でも硝子はやり遂げたぞ！」

親指を立てて硝子がヌシを釣り上げた事を報告してやる。

ふふふ……俺の弟子は着実に成長しているぞ。

「なんでお兄ちゃんがそこまで胸を張ってるかよくわからないけど、硝子さんやったね！」

「後はアップデートで追加されたのかダークサーモンっていう魚が釣れたぞ」

ニュッとアイテム欄から取り出して紡に見せつける。

「わ、真っ黒な鮭だね。美味《おい》しいの？」

「さてな。身も黒っぽいから食べるにしても食べづらいな」

悪くなっている魚っぽいというか……色々と勇気が要る食材なのは間違いない。

「かなり珍しい魚みたいです」

「なるほどなるほど、ヌシは釣れなくてもお兄ちゃん的に妥協できる範囲だったって事だね。良いなー隠しクエストー」

「ダメージが痛かったけどな。フィーバールアーがパワーアップしたから色々と試したいところだ。そんで闇影はもう寝てるのか？」

「ううん。闇ちゃんは散歩してくるって出かけてったよ」

「ほう……」

寝るのが早かったり、そのくせ夜遅くまで起きてたり闇影は気まぐれだな。

まあ、まだそこまで夜は更けてないから寝る前の散歩って事なのかもしれないけどな。

「お兄ちゃん。私もちょっとフレンドから聞いた種族クエストをクリアしてくるよ」

「あー……なんかあったな」

第三波をクリアした時のアップデート情報で見た覚えがある。

紡の種族は亜人《あじん》、特定のクエストをクリアすると獣化できるようになるってやつだ。

「お手伝いしましょうか？」

「そこまで難しいクエストじゃないんだって、それと参加するには同じ亜人の種族じゃないとダメなんだってさ」

文字通り種族クエストなのか。

「色々と面倒そうだけど大丈夫なのか？」

「大丈夫、フレンドから聞いてるし必要なアイテムもアルトさんが用意してくれてるからすぐに終わるよ」

それは何よりだな。

「種族クエストですか……スピリットはどんなものがあるのでしょう？」

「よくわからない感じだったよな。倒したモンスターを集めて力に出来るってのも限界突破の条件にも読み取れるし……もしかして魂とかの強化はそれを達成してからか？」

「スピリット系のクエストの話は聞かないからわからないね」

「あるけど不明って面倒だよな」

思えば魔王軍侵攻イベントでスピリットでは俺たち以外に印象付けられる何かをしているプレイヤーは見なかった。

「人間とかジュエル、エルフとかもよくわかってないみたいだよ。だけどライカンスロープ、亜人はクエストがわかってるんだって」

これを優遇や不公平と取るか、キークエストがわかっていないだけと取るかは判断に悩む。けどどちらにしても紡の底上げには必要な事か。

「亜人のクエストを達成するとどうなるんだ？」

「獣化スキルってやつが開花するんだって、現段階だと自分にバフを掛けるスキルだけどアプデでもっとスキルが強力になるんじゃないかって亜人のフレンドが言ってた」

実装したばかりでまだそこまで強くないスキルか。単純に上がりが悪いスキルってところか。

「どっちにしても覚えられるなら早めにやっておいた方が良さそうだな。紡、行ってこい」

「うん。すぐに合流するからみんな待っててねー」

と、紡も種族クエスト達成のために別行動をする事になった。

「ただいまでござる。おや？　絆殿、何かあったでござる？」

「ああ、闇影。ちょっと帰り道でな」

と、俺は帰ってきた闇影に常闇ノ森での出来事を語って聞かせたのだった。

当然の事ながら闇影も一緒に参加できなくて悔しがっていたぞ。

それから二日経《た》った。

紡はあっさりとクエストを終えて俺たちと合流を果たした。

紡曰《いわ》く、種族クエストは簡単にクリア出来たらしい。

宿で化石のクリーニングをしているとアルトから連絡が入った。

硝子も部屋で一緒に休んでいたので一緒に話をする事になったぞ。

最近の硝子は釣りの練習とばかりにルアーを思った通りに投げる練習をしていた。

俺ほどじゃないけどかなり正確にルアーを飛ばす事が出来るくらいにスキルが向上している。

らるくとてりすにもチャットで常闇ノ森で隠しクエストがあった事は報告した。

やはり俺から目を離すといけないなーって二人は愚痴《ぐち》っていた。

確かに否定できなくなってきたと自覚し始めている。

奏姉さんはカニ漁と加工業務に励んでいるとの話だが、何やらアルトが感心していたと呟《つぶや》いていた。

で、宿の部屋で硝子と一緒にアルトとチャットをした際の事だ。

「いやぁ……さすがというか奏くんは君の姉であるとマジマジと理解させてくれるね」

「なんで納得したのか聞くべきだよな？」

「やはり絆さんのような異様な集中力を見せているという事ですか？」

「うーん……ベクトルは違うかな。彼女にカニの加工業務をしばらく頼んでいたんだけどね。船内の作業工程のライン作業の間取りが非効率的だって全体の見直しを提案してきたんだよ」

　なるほどな。展開は読めた。

「姉さんの事だから言い逃れして逃げる理由とかにしようとしている可能性もあるけど、アルトの反応からして違うんだな？」

「うん。配置的に無駄な所を削《けず》って効率化する見取り図まで出してくる始末だよ。僕も舌を巻いたよ。確かに彼女の言う通りにすると今までよりも効率が良くなるんだ。自分でもなんでこんなに無駄な配置だったんだって思うくらい、洗練されていたよ」

　カニを茹《ゆ》でて捌《さば》いたりする作業なんだけど、そのライン作業を更に効率化させる提案をするとか……姉さんらしいと言えばらしいのかね。

　あの人、攻略サイトとかあればテンプレートになるような配置を思いつくんだよな。

　別のゲームで楽をさせてもらった経験があるのでよくわかる。

「徹底した効率的な行動主義……彼女が前線組であり、君の姉なんだと納得したよ」

「姉さんはなー……色々と狩場とか常識とか固まってくると頭角を現すタイプなんだよ。紡とは逆のゲーマーだから、単純作業に対して効率を求めるんだよね」

「絆さんは非効率的でも黙々と続けられるのが違う点という事ですか？」

「まあね。俺は工程も楽しむ主義なんだけど姉さんは効率的に結果を出す事を求めて、紡はプレイヤースキルの訓練とかいろんなやり方を探す感じだな」

だからスタートダッシュは紡が一番早いんだ。

で、姉さんはエンドコンテンツが主流になると頭角を現す。

俺？　俺はこの手の話だと目立つ事は殆《ほとん》ど無いな。

「本質は似てるけど色々と差がある姉妹って事なんだと納得するしかないよ。ちなみに自分は普通だと思っているみたいだけど、君は根気の化け物だ。二人がそのゲームをやめた後も続けていて、ゲームを完全網羅するタイプだろう？」

「十五日も地底湖に潜っていられた方ですからね」

「せっかく始めたゲームだし、余程のクソゲーでもない限りは最後までやるけど……」

しかし、あのホームレス生活をしていた姉と刹那的《せつなてき》な楽しみを追い求めるおバカな妹と血の繋《つな》がりに納得されるのは非常に不服なのはわかっているのか？

俺はあそこまで極端じゃないと思う。

「それじゃあ奏さんはカニ漁に馴染《なじ》んでいるという事でしょうか？」

「そうだね。メキメキと上達する罠技能《わなぎのう》を確認して笑みを浮かべていたよ。船上戦闘スキルも上がってきてて良いわねって言うくらいに」

なんとも……姉さんらしい話だな。

見栄を捨てて、新しい環境に放り込まれたら足踏みは遅いけど着実に結果が出るように研鑽《けんさん》していくか。結果的にだが、紡と闇影の暗躍は失敗に終わったな。

「まあ、我がギルドに入る洗礼は終えたようなものだからキリの良いところで合流してもらえば良いかね。もちろん人手が足りなくなったら、また来てもらうけどね」

「ああ、元々姉さんが俺たちに素直に甘えられないのが原因だしな。しっかりと働いたと思ってくれたらこっちの戦闘に参加してもらうさ。硝子たちも俺の底上げをそろそろ切り上げて、波に備えてLvアップに励んでもらいたいからな」

「本音を言えば絆さんも来てくださると良いんですけどね」

なんだかんだ合間で釣りとかさせてもらって解消はしているけど、俺は本来いろんな釣り場で釣りをするのが目的なんだから一日中釣りをするのも悪くないんだ。

Lv上げと同じくらい、資金稼ぎも重要だしな。

「もちろんミカカゲに設置したカニ籠《かご》の採取をしていかないといけないし、やっていくさ。ついでに海の方でも挑んでない魔物に挑むのも良いな」

「ええ、波に備えてラストスパートです。頑張りましょう」

「それで絆くん。君たちじゃないと思うのだけど倉庫や城のお金がメチャクチャ減っているんだけど知らないかい？」

「いや、知らないけど？　使ったの忘れてるんじゃないのか？」

「そのつもりは無いのだけどな……誰だ犯人、探し出してきつく言わないといけないか」

っとアルトから姉さんの近況報告を聞いた後……俺たちは就寝をしたのだった。

そんな夜が明けようとした時刻での事……。

バリン！　……っと朝靄《あさもや》がかかる時間に波の到来を告げる音が響き渡った。

波の到来する場所はみんなの想像通り、ミカカゲ……ではなく、第二都市ラ・イルフィ近くの山脈近くで発生したのだった。

エピローグ　商人蒸発

朝……寝起きに宿の前に出て背伸びからの散歩がてら、川で軽く釣りをしようとしていたらかなり近い所に波の到来を告げる空模様があったので驚いた。

「まさかまた第二都市近くで波が起こるとは予想外だったでござる」

「だねーてっきりミカカゲの方で発生すると思ったのにね」

「ええ、まさかこんな近い所で起こるとは……」

やっぱりみんな次の波はミカカゲ周辺で起こると思っているよなー。

俺もミカカゲだと思っていた。

「ただ、結果論だけで言えばミカカゲじゃないのも納得できなくもないな」

「絆殿はどうしてミカカゲじゃなかったのか納得できるでござるか？」

「ああ、まずミカカゲの入国システム。ビザのランクアップをしていかないと関所を通過できない仕様だぞ？　好きにプレイしているプレイヤーには著しく行動を制限しかねない。一応、全プレイヤーに参加権がある波への公平性が損なわれる」

「今更だと拙者《せっしゃ》は思うでござるが」

「お兄ちゃんと硝子さんは第二波に参加できなかったもんね」

「そこは免除って扱いになっただろ？　そもそも開拓クエストが第三都市カルミラの解放だったんだ。ミカカゲのクエストがプレイヤーの参加資格になるのは参加できるプレイヤーが減りかねない」

ゲームの目玉イベントに参加できなかったとしてもそれに匹敵する大規模クエストに参加中だったからこその免除だ。

セカンドライフプロジェクト、第二の人生を楽しむゲームでミカカゲのクエストをやってないから波に参加できないのとは事情が違いすぎる。

「次にミカカゲのクエストはちょっと前に行われただろ？」

「魔王軍侵攻イベントでござるな」

「そうだ。近い所で大規模イベントが何度も行われては芸が無いと思わないか？」

「確かに発生する場所を考えると別の場所で起こっても不思議じゃないね」

「それにしても第二都市近くで起こるのは妙でござるよ。だって初回と二回目の波はこの辺りで発生したでござる。それこそまた海上で波が起こっても良いはずでござるよ」

闇影の異議を俺は否定しない。確かに初回と二回目は第一都市と第二都市の間で行われていた。

行ける所が増えた今の状況で第二都市近くで波が発生する理由にならないか。

「第二波ってどの辺りで行われたんだ？　俺と硝子はカルミラ島にいたから詳しくは知らないんだが」

「第二波はリユート街道というフィールドで行われたでござるよ。第二都市から少し離れた道でござるな」

「あんまり目立つ狩場でもない街道だから印象は薄いかもね」

「そうだったのか。まあ波の発生地点の法則に関しちゃ俺もゲームを作った奴じゃないからわからないけどな、ミカカゲは立地的な意味で不向きって事だ」

最初に述べた通り、ミカカゲは現状だとプレイヤーにやさしい場所ではない。

カルミラ島の場合はダンジョンのシステム的な面でプレイヤーが戦いやすい環境を構築しやすかった。船上戦闘スキルだって波までの間に船に乗っていれば戦えないというほどではないくらいには動けていた。

「まあ、波に対する救助要請って事で関所がシステム停止して現地の場所までフリーで行き来できるとかでも良いとは思うんだけどな」

「便乗してビザを無視できるでござるな」

「その場合、ビザを必死に上げて入れるようにしたプレイヤーが不公平感を覚えるかもしれませんね」

この程度で不満には思わないけど、あり得ない話ではない。

「かなり独特なシステム周りをしている国がミカカゲだからな……何にしても現段階では波の発生場所を外されたって事だろうな。もしくはある程度ランダムなのかもしれない」

セカンドライフプロジェクトは同じプレイヤーは一度ゲームが終了した場合、再度ゲームが開始した時に参加は出来ないってルールがある。前回のプレイ知識を事前情報で広められても次のプレイで色々と修正がかかって役に立たないと触れ込みにあった。

スピリットが弱種族だって事前情報の話もこのあたりに起因する。

「理屈と膏薬《こうやく》はどこへでも付くでござるか。確かにあまり深く考える必要は無いのかもしれないでござるな」

「そういう事。今の俺たちに出来る事は次の波が本格的に開始する前に事前準備を出来るだけする事だ」

「とは言いましても既に色々と準備は済んでいますよ」

確かになんだかんだ色々と装備は潤沢《じゅんたく》にはなってるか。俺、硝子、闇影はスピリットでエネルギーの限界突破にいろんな魔物との戦闘が求められていた訳で……。

出来る限り今まで行かなかった狩場を回っていた訳だ。

手頃な狩場はもう大分一巡した。

「ミカカゲの方で最終調整に予定を切り上げるか」

「私もフレンドと情報交換した感じだと、Lvは若干負けてるね。ガッツリやってた人にはさすがに追いつけないかな」

「けど負けるつもりは毛頭無いんだろ？」

「もちろんだよ。お姉ちゃんがいた所じゃないけどこのゲームじゃあんな極限プレイは不要だもん」

　確かにな……Lvだけが全てじゃない。

　俺たちの周囲からの評判は金を持ったトッププレイヤーって扱いらしいけど、割と好き勝手に……楽しんで、無理の無い生活をしている。

「姉さんとも合流して次の波への対策を整えよう！」

「ええ！　連携スキルも大分感覚が掴《つか》めてきましたものね」

「しぇりる殿にも報告でござるな」

　そういや、しぇりるとは最近まともに話をしてないな――……全然顔を出さないし。

　という訳で俺たちはカルミラ島に戻り、みんなと合流する事にした。

　のだけど……ここで事件が起こった。

　アルトが――蒸発した。

〈『ディメンションウェーブ 6』へつづく〉

ヒーロー文庫

ディメンションウェーブ 5

アネコユサギ

2022年5月10日　第1刷発行

発行者　前田起也

発行所　株式会社　主婦の友インフォス
〒101-0052 東京都千代田区神田小川町 3-3
電話／03-6273-7850（編集）

発売元　株式会社　主婦の友社
〒141-0021
東京都品川区上大崎 3-1-1 目黒セントラルスクエア
電話／03-5280-7551（販売）

印刷所　大日本印刷株式会社

ISBN 978-4-07-450832-7